O adolescente e o conflito de gerações na sociedade contemporânea

Erane Paladino

O adolescente e o conflito de gerações na sociedade contemporânea

Casa do Psicólogo®

© 2005 Casa do Psicólogo®
É proibida a reprodução total ou parcial desta publicação, para qualquer finalidade, sem autorização por escrito dos editores.

1ª Edição
2005

Editores
Ingo Bernd Güntert e Myriam Chinalli

Assistente Editorial
Sheila Cardoso da Silva

Produção Gráfica
Renata Vieira Nunes

Editoração Eletrônica & Capa
Renata Vieira Nunes

Ilustração da Capa
Fernanda Paladino

Revisão Gráfica
Adriane Schirmer

Dados Internacionais de Catalogação na Publicação (CIP)
(Câmara Brasileira do Livro, SP, Brasil)

Paladino, Erane
 O adolescente e o conflito de gerações na sociedade contemporânea / Erane Paladino. — São Paulo: Casa do Psicólogo®: 2005.

Bibliografia.
ISBN 85-7396-373-5

1. Confito de gerações 2. Psicologia do adolescente I. Título.

05-2697	CDD- 155.518

Índices para catálogo sistemático:
1. Adolescentes e confito de gerações:
Psicologia do adolescente   155.518

Impresso no Brasil
Printed in Brazil

Reservados todos os direitos de publicação em língua portuguesa à

Casa do Psicólogo®
Rua Simão Álvares, 1020 Vila Madalena 05417-020 São Paulo/SP Brasil
Tel.: (11) 3034.3600 E-mail: casadopsicologo@casadopsicologo.com.br
Site: www.casadopsicologo.com.br

A meus ideais, tão persistentes
A meus pacientes

Sumário

Prefácio – Discursos sobre a adolescência e psicopatologia 9
Miriam Debieux Rosa

Introdução 13

CAPÍTULO I
O jovem contemporâneo e seu contexto 23
Apresentando os adolescentes 23
Considerações sobre o contexto da subjetividade atual 26
No modelo globalizado surgem novas configurações 41
A realidade fragmentada e a virtual 43
Individualismo e massificação 45

CAPÍTULO II
Os discursos sobre a adolescência 51
O conceito de adolescência: Na História e na Psicanálise 51
Adolescência e Psicologia 55
O conceito de adolescência na Psicanálise 58
Sobre o final da adolescência 75
A transição adolescente, o grupo social e os processos de
identificação em Freud 78
O corpo como representação 95
O corpo na transição adolescente 99

CAPÍTULO III
Conflito de gerações na sociedade atual 103
A família atual e suas novas configurações 103
Breve histórico sobre a família 104
A família hoje – reflexões 113
A transmissão psíquica entre as gerações 117
Conflito de gerações na sociedade moderna:
Mitos e expectativas 121

CAPÍTULO IV
O adolescente e a contemporaneidade 133
O corpo na contemporaneidade 133
Surge um novo modo de pensar (geração *Zapping*?) 140

Conclusão 149

Bibliografia 153

PREFÁCIO
Discursos sobre a adolescência e psicopatologia

Miriam Debieux Rosa

A adolescência tem ocupado o foco de atenção e preocupações por parte da sociedade. Enunciados aparentemente antagônicos refletem o imaginário sobre o adolescente contemporâneo ora para exaltá-los, ora para lastimá-los. Ressaltam o fascínio e a exaltação pela juventude associada aos atributos de beleza, vigor sexual, domínio das linguagens tecnológicas, midiáticas e da informática; supõem, esquecidos dos próprios processos, que, neste período ambicionado, impera a pura felicidade. O desaponto desta expectativa tem duas facetas: de um lado o incômodo com a apatia, o desinteresse e a indiferença do jovem com o que o cerca – desde a família, a escola, as questões sociais e políticas – e, de outro lado, o impacto diante da agressividade, as "brincadeiras" de humilhação com colegas ou com os "serviçais", a violência. Dois aspectos que têm o efeito de contribuir para que a colagem arbitrária dos significantes *adolescência e felicidade* transfira-se para outra: *adolescência e violência*.

Esses enunciados sociais expressam a idéia de que os jovens da atualidade estão alheios ao sofrimento, em estado de pura satisfação narcísica sem leis ou limites. O estranhamento é tal que se pergunta de que sofre o adolescente na atualidade ou, até mesmo, duvida-se que ele sofra. Substitui-se a oferta de escuta por uma urgência em agir na direção propagada de impor limites, individualizando as questões. Fica evidente o distanciamento ou mesmo a quebra da identificação da geração anterior com a atual, dinâmica relacional que produz desdobramentos importantes.

A análise psicanalítica da psicopatologia da adolescência deve levar em conta que os processos do adolescente não se referem apenas a uma certa estruturação subjetiva fixada e *a priori*. O adolescente reinscreve-se no laço social, superando, conservando e revelando o histórico do sujeito e conferindo-lhe novas significações. As ações ou acidentes, realizações, frustrações, encontros, desencontros, promovem reorganizações estruturais importantes.

Na adolescência, novas operações se processam para fazer valer outro discurso, além do familiar. Operações que possibilitam o pertencimento e reconhecimento do jovem como membro do grupo social e que dependem das condições e estratégias oferecidas pelo grupo social. É reatualizada a cena da sedução, que encena o assujeitamento ao desejo do Outro, agora não mais tematizado pelo desejo da mãe ou pela Lei do pai, mas pela organização social, nova versão do pai, poderosa, pois desencarnada, mas ainda discurso, com seus ditos e não-ditos.

Nessa medida, a constituição subjetiva e os sintomas que produz estão vinculados à inserção social, campo do Outro em que o adolescente busca inscrever-se. Os efeitos na subjetividade da entrada do jovem na cena social levam em conta pelo menos dois aspectos: as operações subjetivas e sociais necessárias à passagem da cena familiar à cena social e o encontro problemático entre os processos de subjetivação dos adolescentes e os fundamentos do contrato social.

A prática psicanalítica nos jovens tem especificidade e estratégias de intervenção. Deve considerar que se centra não no indivíduo, porém na concepção de sujeito e na dimensão dos discursos. Ou seja, na concepção de que há modos de laços sociais/discursivos que determinam o sujeito, o sentido do seu ato e do seu dito, e de seu gozo – observa-se a sua psicopatologia, seu *phatos* (sofrimento), mas também o transbordamento para além do sintoma, do íntimo, do privado, do individual. Trata-se de pensar sobre de que modo os sistemas ou discursos capturam o sujeito adolescente e de indicar a ordem social do sintoma.

Pondero que os enunciados do imaginário social atual sobre o adolescente aqui indicado produzem um modo de evasão da responsabilização da estrutura social como favorecedora do modo de subjetivação do jovem contemporâneo. Este é um componente que sustenta o *desamparo discursivo*, ingrediente concomitante ao modelo econômico neoliberal caracterizado pela fragilização das estruturas discursivas que suportam os vínculos sociais, no que rege a circulação dos valores, ideais, tradições de uma cultura e resguardam o sujeito do real. O desamparo discursivo expõe o sujeito ao risco de confrontação com o traumático – aquilo que está fora de sentido. A exposição traumática é dupla: por um lado, sua ocorrência é facilitada; por outro, os recursos necessários à elaboração do trauma encontram-se diminuídos, promovendo efeitos de dessubjetivação.

Ler os discursos sobre a adolescência no seu avesso é inverter o enunciado do imaginário social desta forma: é o abalo dos fundamentos do contrato social, e a perda de um discurso de pertinência e de um lugar social que promove a desorganização subjetiva decorrente da emergência daquilo que está fora do sentido e da significação.

Esses efeitos geram sofrimento nos jovens, cuja forma de expressão não se traduz em demandas formuladas, explícitas, mas se expressa por meio da chamada apatia, da solidão e do emudecimento, assim como da reprodução, da subjetividade, da violência e da pobreza afetivas e intelectuais, encobridoras da possibilidade de elaboração simbólica, que poderiam dar forma sintomática ao que é vivido como traumático.

Em suma, há um jogo imaginário e simbólico que se interpõe, como resistência, na escuta dos adolescentes. A pregnância imaginária dos enunciados sociais pode ser um impeditivo para a escuta psicanalítica, para o reconhecimento do desejo do sujeito na transferência, levando à equivocada interpretação de falta de demanda analítica dada a forma de se apresentar ou mesmo da negativa dos jovens de falar, levando a confundir a expressão com o próprio do sujeito. A escuta psicanalítica, transgressora em relação aos fundamentos da organização social, implica um rompimento de laços que evitam a escuta do sujeito do desejo.

O livro de Erane Paladino *O adolescente e o conflito de gerações na sociedade contemporânea* traz valiosa contribuição ao elucidar o contexto de produção da subjetividade na atualidade e os discursos sobre o adolescente. Discute a versão contemporânea do conflito entre gerações e apresenta-nos os modos pelos quais os adolescentes são afetados em seu corpo e modo de pensar. Dessa forma nos atualiza e instrumenta para a escuta do sofrimento dos jovens em suas formas atuais de expressão.

Introdução

A experiência clínica, por mais que exija abstinência e renúncia, leva o profissional, em suas reflexões pessoais, à incansável reavaliação, na qual a dúvida e a espera do inusitado, apesar de angustiantes, devem estar sempre presentes. As observações levantadas neste trabalho partiram do atendimento psicanalítico, de jovens da chamada fase de adolescência. Mais especificamente, pacientes filhos da geração anos 1960/70. O discurso destes adolescentes chama a atenção por apresentar visíveis diferenças ao discurso da juventude daqueles tempos. Eles apresentam algumas características comuns: poucas expectativas quanto à vida profissional; baixa crítica em relação às questões políticas e sociais; pouco interesse por atividades artísticas; atividades físicas não são muito bem-vindas, embora por dever escolar ou familiar, sejam atividades presentes no dia-a-dia. O lazer fica muito voltado aos programas de TV, internet e idas ao *shopping center*, basicamente para compras ou alimentação.

Algumas frases podem ilustrar esta apreciação, tais como:
– *... Não tenho razão para continuar os estudos e prestar vestibular: não há espaço no mercado.*

– ... *Se quiser ganhar muito dinheiro, só organizando uma igreja ou entrando para a política.*
– ... *Não tenho previsão de quando poderei ter independência financeira.*
– ... *Não sinto necessidade de morar só ou longe de minha família.*

Vários autores a serem apresentados neste trabalho reconhecem a busca de uma transformação social e política, como oriundas da classe intelectual, dos artistas e estudantes daquela geração. O movimento *hippie*, mesmo com seus princípios românticos, fez parte daquele momento histórico. Lembramos também manifestações políticas intensas surgidas contra a repressão e a ditadura, não só no Brasil, mas em outros países da América Latina e da Europa.

A postura e os ideais dos pacientes contrastam visivelmente com a rebeldia, irreverência e desejos de liberdade, característicos do movimento dos jovens das últimas décadas, filhos da ditadura, do pós-guerra, do início de um processo de liberação sexual e da Guerra Fria. Erik Erikson, em 1968, escreveu um importante trabalho sobre as características da adolescência, levando em conta os aspectos políticos e ideológicos daquela época. Em seu texto *Identidade, Juventude e Crise*, reconhece, no comprometimento ideológico dos jovens, a fonte saudável para a formação da identidade:

> "Parece, pois, que as ideologias fornecem combinações significativas do mais antigo e do mais recente, nos ideais de um grupo. Elas canalizam, portanto, a seriedade convincente, o ascetismo sincero e a indignação veemente da juventude para aquela fronteira social onde a luta entre o conservadorismo e o radicalismo é mais fervorosa"[1].

Nos anos 1960, a política mundial e a guerra do Vietnã mobilizavam jovens ao ideal de construírem uma nova forma social. No

---
[1] ERIKSON, E., *Identity, Youth and Crisis*, N. York, 1968, p. 190-191.

Brasil, Geraldo Vandré[2] cantava que *quem sabe faz a hora, não espera acontecer*, assim como Bob Dylan[3], denunciando que *os tempos estão mudando*, bem como todo o movimento de *rock* inglês, irlandês ou mesmo americano, ofereciam uma atitude de contestação, trazendo um novo modelo musical, eletrônico e mais agressivo, apresentado com letras que revelavam o ideal de um novo mundo de liberdade, paz e amor. A arte e o pensamento da época pareciam expressar a constante busca de um "outro olhar" para o mundo.

Na década de 1970, a pesquisadora canadense Irene Léger[4] publicou sua pesquisa *Os adolescentes do mundo contemporâneo* para refletir sobre a chamada "revolta" da época. Considerou, principalmente, os jovens da América do Norte, como aqueles que, desobrigados a lutar por estabilidade econômica, se voltaram a partir do fim dos anos 1950 a questionar as imperfeições da sociedade:

> "Afinal, o que representavam? Ser (a sociedade) materialista, conformista, egoísta, hipócrita, conservadora e desumana; não quer ser o jovem recuperado a serviço do lucro material ou ver o aproveitamento das suas idéias dentro do processo de produção. A contestação parece, pois, ser dirigida contra os valores fundamentais da sociedade tecnológica, marcando a posição quanto ao ceder as responsabilidades dos adultos, o que significaria, para o adolescente, entrar no chamado sistema".

Na década de 1980, uma nova manifestação adolescente é revelada no *rock* nacional: Roger Moreira com certa indignação escreveu: *Como é que eu vou crescer sem ter com quem me revoltar?*

Este trabalho parte do interesse em refletir sobre uma possível nova configuração nas atitudes e valores do adolescente de hoje. Há

---

[2] VANDRÉ, G., compositor e músico – *Pra não dizer que não falei das flores*, 1969.
[3] DYLAN, B., compositor e músico – *The times they are changing*, 1964.
[4] LÉGER, I., *Os adolescentes no mundo contemporâneo*, Editora Família, 2000 – Sociedade Distribuidora de Edições Porto, Portugal, 1977, p. 47.

uma nova juventude atualmente? A interação com as condições sociais e culturais atuais trouxeram mudanças nas manifestações da juventude? Em que isto é relevante ou apenas aparente? É possível se pensar na hipótese de que os referenciais da sociedade atual configurem um novo adolescente, diferente daquele presente no imaginário social ou mesmo nas teorias psicológicas e psicanalíticas apresentadas.

A experiência em consultório trouxe elementos para construir as questões de pesquisa deste trabalho. Uma constatação inicial diz respeito à diferença observada nos jovens de hoje e as definições clássicas de adolescência, popularmente vistos como agressivos, livres sexualmente e em confronto com as figuras de autoridade na busca da afirmação de sua independência e individualidade. Avançando na questão, indagamos quais seriam as características da adolescência na atualidade; perguntamos sobre a possibilidade de defini-la de forma mais genérica dentro destas prerrogativas, observando estas manifestações como representativas de um contexto mais amplo e geral ou se estariam circunscritas à classe média, ou, mais especificamente, se caracterizam apenas aqueles que procuram atendimento psicanalítica. A diferença entre as definições de adolescência, apresentadas na bibliografia convencional, e o que vem sendo observado também é um elemento considerável. Pretende-se desenvolver o estudo e a reflexão sobre as implicações dos referenciais e modelos observados na sociedade contemporânea e suas interferências nos processos de identificação destes adolescentes, ou seja, nas configurações do adolescente na sociedade contemporânea.

A observação deu impulso a uma pesquisa que articule elementos da Psicanálise e da Sociologia para a reflexão num contexto mais amplo. Os relatos dos pacientes, circunscritos na singularidade da relação clínica, podem também expressar questões que dizem respeito a uma organização mais ampla de âmbito sociocultural.

A presente reflexão parte de um modelo teórico de pesquisa e utiliza referenciais freudianos. O enfoque fundamenta-se na inegável teoria social que acompanha o trabalho de Freud. No texto sobre

A moral sexual cultural e o nervosismo moderno (1908)[5], por exemplo, Freud apresenta a idéia de uma moral cultural que impõe regras de conduta restritivas, atuando, assim, sobre as emoções nos indivíduos, obrigados a responder às exigências sociais, políticas e econômicas, oriundas das transformações industriais, mercantis e agrárias da época. Leva-se em conta, especialmente, a questão da rígida moral sexual e suas conseqüências no psiquismo individual. Este texto de Freud pode ser entendido como o primeiro a marcar toda a reflexão freudiana do social. Em *Múltiplo Interesse em Psicanálise*, levanta-se a importância do pensamento psicanalítico articulado a outros conhecimentos. No Capítulo II, sobre o interesse da teoria para a história da civilização, Freud, em 1913, expõe o que acreditava ser uma nova concepção de trabalho: estudar as grandes instituições culturais, tais como a moral, a religião, o direito e a filosofia. A seu ver, esta abordagem capacita e dá a Psicanálise uma visão mais ampla: *A psicanálise estabelece uma íntima relação entre todas as manifestações individuais e coletivas ao postular para ambas a mesma fonte dinâmica*[6].

Freud, com suas contribuições a respeito do psiquismo, fundou uma nova forma de pensar e fazer ciência: além de criar um "método de tratamento", a psicanálise desenvolveu-se como teoria e pesquisa dos processos anímicos e expandiu seu trabalho para além das singularidades e das psicopatologias individuais, pois teve também muito a dizer sobre os sintomas e o funcionamento da psique, inserindo o sujeito ao coletivo e ao contexto cultural. Peixoto Júnior, em seu livro *Metamorfoses entre o sexual e o social*[7], segue estes preceitos para pensar o sujeito psicanalítico sem descartá-lo da dimensão histórica, política e social:

---
[5] FREUD. S., (1908). *A Moral Sexual cultural e o nervosismo moderno*. Ed. Nueva, Madrid, 1981. pp. 1251-1256.
[6] FREUD, S., (1913), *Múltiplo Interesse em Psicanálise*, Cap. II, Ed. Nueva, Madrid, 1981, pp. 1863-1864.
[7] PEIXOTO JÚNIOR, C.A., *Metamorfoses entre o sexual e o social*, Ed. Civilização Brasileira, RJ, 1999, pp.111-112.

"Na verdade, o *socius*[8] não pode ser visto aqui como mero apêndice do indivíduo, porque este já constitui um primeiro passo em direção ao social. A aplicação da psicanálise às ditas ciências do espírito aparece para o Freud mais maduro como uma prova de que seu saber não poderia se reduzir a mais uma psicopatologia entre tantas outras, ou seja, uma prova de que ele tem algo a dizer sobre o funcionamento normal não apenas da psique como também da cultura. Mesmo sabendo que é no terreno da clínica que a psicanálise colhe uma boa parte dos frutos de sua experiência própria, esta, por outro lado, inevitavelmente esclarece aspectos da normalidade coletiva e de seu avesso".

Nesta mesma direção, Gilberto Safra, em seu artigo sobre *O Singular e o geral na pesquisa em Psicanálise* (1991), afirma que a psicanálise é um campo que investiga o particular para tentar compor modelos abrangentes da psique humana[9]. Particular e universal, individual e coletivo são questões presentes na pesquisa psicanalítica, desde os primeiros trabalhos de Freud. Sua teoria apresentou uma revolução no modelo científico com a descoberta do inconsciente e, desde então, discussões incansáveis têm contribuído para que a pesquisa em psicanálise encontre novos caminhos, até mesmo na interlocução com outras áreas de conhecimento. O autor Renato Mezan[10], em seu trabalho *Pesquisa Teórica em Psicanálise*, trata da preocupação em diferenciar, especificamente, a psicanálise como *discurso sobre, prática de e experiência de*. Para o autor, a Psicanálise seria fundamentalmente uma experiência intersubjetiva, que ocorre em condições codificadas e que se aparenta a outras experiências codificadas, tais como aprender uma língua, executar uma peça

---

[8] Grifo do autor.
[9] SAFRA, G., *Pesquisa com material clínico* in *Revista Psicanálise e Universidade,* nº 1, Publicação do Núcleo de Estudos e Pesquisas em Psicanálise – PUC – SP, 1994, p. 57.
[10] MEZAN, R. , (1992), *Pesquisa Teórica em Psicanálise* in *Revista Psicanálise e Universidade,* nº 2, Publicação do Núcleo de Pesquisa em Psicanálise, PUC-SP, 1994, p. 59.

musical, assistir a um filme, etc. Cada experiência tem suas peculiaridades e são suficientemente mobilizadoras para despertar o desejo de *pensar sobre, de aprender com e de falar de*[11].

Este trabalho parte da experiência clínica para formular e sustentar hipóteses teóricas sobre o adolescente na sociedade contemporânea. O material teórico será interrogado pelos fragmentos de sessões com pacientes na faixa etária entre 15 e 19 anos. É importante salientar que se trata de filhos de pais de classe média, tais como profissionais liberais, professores e empresários. Leva-se em conta o contexto sociocultural e suas condições que permitem a estes pacientes buscar acompanhamento psicológico. Embora parta de um grupo específico de jovens, suas manifestações, porém, podem transmitir o emblemático de um fenômeno social. A hipótese que surge diz respeito a uma cena social que contrapõe valores e ideais da geração anterior. Os vários discursos sobre adolescência e juventude, sejam pelos diferentes veículos de informação, sejam da literatura especializada – psicologia e psicanalítica –, não incluem configurações dos adolescentes apresentados neste trabalho.

Nos capítulos a seguir, buscaram-se fundamentos teóricos que possam esclarecer estas questões, sem, no entanto, acreditar-se que seja possível esgotar um tema abrangente. É uma contribuição teórica que permite uma reflexão, a partir da tão enriquecedora e singular experiência clínica.

Neste diálogo vivo entre a psicanálise e as ciências humanas, partirei de material psicanalítico para discutir os processos de identificação e sua importância para o desenvolvimento psíquico e a constituição da identidade. Trata-se de um conceito elaborado por Freud que permite apontar e pensar esta interlocução entre sujeito e sociedade já desde as primeiras relações de objeto. A evolução histórica do conceito de família bem como uma reflexão sobre a sociedade contemporânea e os novos modelos familiares também serão

---

[11] MEZAN, R., *Psicanálise e pós-graduação: notas exemplos e reflexões* – artigo divulgado aos alunos do Programa de Estudos em Pós-Graduação em Psicologia Clínica – PUC – SP, 1999, p. 21.

questões discutidas neste trabalho. Iniciaremos contextualizando a questão com elementos da identidade cultural na pós-modernidade. Um levantamento histórico sobre o conceito da adolescência, em Psicologia e na Psicanálise, traz fundamentos à discussão sobre este fenômeno ainda recente na história ocidental e ao reflexo das mudanças sociais ocorridas. Vários autores da história da Psicologia pensaram sobre esta fase e suas características. Surge, então, neste trabalho, o interesse em levantar os principais nomes, no intuito de dar subsídios a uma reflexão mais apurada sobre o conceito de adolescência e sua configuração atual.

Usualmente, a literatura sobre a adolescência apresenta temas como sexualidade, escolha profissional, conflito de gerações. Três aspectos estarão enfocados neste trabalho: o conflito de gerações, a representação do corpo e a geração *zapping*, que indica um novo modo de pensar e lidar com a informação. Há, nitidamente, mais rapidez, e a comunicação globalizada possibilita o acesso às mais diferentes fontes, o que leva o pensamento a uma possível nova dimensão espaço-temporal; vários dados, mesmo que entrecortados, advêm das diferentes janelas abertas na internet e da mídia, ao mesmo tempo. O hábito já assimilado de se assistir à TV *zappeando* vários canais e programas, simultaneamente, também seria outro exemplo. A hipótese subjacente indica que o jovem apresenta outras configurações que poderão anunciar um novo modo de pensar, ser e agir na sociedade atual. O vínculo social, os modelos e referenciais contemporâneos podem trazer uma nova relação com o corpo, com a família e com o conhecimento.

No capítulo sobre "O conflito de gerações", discutiremos a transmissão psíquica entre as gerações para este momento. A aparente passividade e falta de perspectiva do jovem de hoje poderiam retratar a dificuldade dos adultos em abandonar sua própria adolescência? Quais seriam, então, as aspirações dos jovens? Com a agilização do mercado, facilmente os modismos e tendências de comportamento são assimilados e comercializados. Criam-se imediatamente novos estilos que colaboram para o pouco acesso a desejos genuínos e às singularidades. Parece não haver tempo para um contato mais íntimo do jovem com estes desejos. A questão colocada remete à reflexão sobre a transmissão psíquica intergeracional: seria a postura destes jovens uma manifestação de confronto e conseqüente busca de afirmação da identidade e individualidade diante dos pais?

Um novo modelo de relação familiar vem surgindo. A partir da Constituição Federal de 1988 e mesmo para o novo Código Civil e suas jurisprudências, família hoje é considerada pelos vínculos estabelecidos. O afeto impõe-se nas relações familiares, deixando para o passado o referencial patriarcal. Famílias mono ou homoparentais são mais visíveis socialmente. Muitos dos pacientes em questão vêm de famílias já dentro desta nova perspectiva; alguns citados são filhos de pais separados, estando sob a guarda paterna, já constituindo uma nova família.

Ao caracterizar os efeitos do novo modelo familiar que se apresenta, observamos possíveis conseqüências da mídia indicando, de modo muito mais contundente, os valores e costumes; examinaremos de que forma a moda e o corpo se impõem como um recurso do jovem contemporâneo para se relacionar, seja com o mundo e/ou com o outro.

No próprio depoimento dos jovens, o tempo disponível para o contato entre pais e filhos tem diminuído, sendo a mídia o grande veículo transmissor dos valores e referenciais. Dentre estes novos modelos, observa-se uma espécie de uniformização da moda e dos modelos corporais, nos quais as diferenças estéticas entre crianças, jovens e adultos parecem se diluir. Ao mesmo tempo, o apelo à forma tem sido muito intenso, com a quebra de limites do que é "corporal" e do que não é, numa espécie de "construção de beleza", na busca da perfeição. Tem sido muito constante o apelo a lipoaspirações ou implantes de silicone, como alternativas aos tratamentos para emagrecer, por parte destes jovens atendidos. Villaça (1999)[12] observa as tendências e modismos como referências importantes do consumo,

---

[12] VILLAÇA, N., *Em pauta: corpo, globalização e novas tecnologias*. Ed. Mauad, CNPQ, RJ, 1999, p. 26.

fabricando *selfs* perfomáticos. Valem a correção, a prótese e qualquer recurso para dominar este ideal. Nesta linha de raciocínio, poderia o corpo estar se *anulando*, tornando-se *coisificado*[13], ou, quem sabe, um objeto a ser apresentado? Tratar-se-á do corpo e os referenciais da sociedade contemporânea, considerando até mesmo sua importância na puberdade e adolescência em decorrência das transformações físico-biológicas desta fase, bem como ao processo de reinserção social característico.

Em uma época em que ser jovem passa a ser um ideal estético, o conflito entre as gerações pode estar camuflado, numa aspiração à diferença calcada na atitude do adolescente desmotivado, no contraponto à propalada glorificação da juventude destes tempos. O adulto-criança, o adulto-adolescente[14] e crianças com *performance* de adultos expõem-se como se estas etapas estivessem desaparecendo. A adolescência pode ser um ideal dos adultos ou a sua caricatura despreocupada.

Para além de oferecer um sentido valorativo a estas novas configurações, este trabalho apresenta uma reflexão sobre este momento histórico e suas características. Crianças que nascem nestes tempos já desde muito cedo lidam e convivem com estas novas tecnologias. A internet, por exemplo, tornou-se espaço de pesquisa, entretenimento e comunicação, oferecendo também a oportunidade para que as relações afetivas e sociais aconteçam também por esta via. O adolescente, de alguma forma, poderá refletir e denunciar, como também sofrer mais diretamente os impactos desta configuração social.

---

[13] BETTS, J., *Parecer ou não ser, eis a questão in* "Seminários espetaculares", *Revista publicada pela Associação Psicanalítica de Porto Alegre/APPOA*, Casa de Cultura Mário Quintana, 2002, p. 147.

[14] Idéia proposta por Neil Postman em *O depoimento da Infância*, Ed. Graphia, RJ, 1999, Cap. VII, p. 113.

CAPÍTULO I
O jovem contemporâneo e seu contexto

Apresentando os adolescentes

Parece que estou sobrando na minha família. É assim que **OLAVO** se apresenta. Com 17 anos de idade, é filho de uma artista plástica e de um empresário, também professor universitário com formação em Economia e Filosofia. É filho mais velho de três irmãos do sexo masculino. Por volta dos 11 anos de idade, foi morar com a avó materna temporariamente *(sic)*, por ocasião da separação de seus pais. Aos 13 anos, foi morar na França num internato, em virtude de sua mãe ter recebido uma bolsa de pós-graduação fora do Brasil. Embora esta continue morando lá, Olavo terminou seus estudos relativos ao Ensino Médio, em julho de 2003, voltando a morar no Brasil com o pai e com a namorada deste, além de seu irmão caçula. Procurou a terapia por estar angustiado em relação a seus objetivos profissionais. Olavo fala pouco sobre suas questões e angústias pessoais, tendendo a conduzir a sessão para um clima racional e lógico. Fala de seus pais como pessoas abertas ao diálogo, sentindo-se à vontade para tomar suas decisões. Seu pai, por exemplo, recomenda prestar vestibular fora do país e costuma deixar o filho livre para a escolha profissional que preferir. Ao mesmo tempo, diz estar perdido e sem parâmetros. Nos momentos em que se sente mais à vontade para falar sobre suas emoções, apresenta sentimentos de abandono e isolamento.

No discurso sobre sua família, demonstra reconhecer a liberdade e a gama de oportunidades oferecidas como algo positivo para sua formação. Por outro lado, sente-se preterido e rejeitado, reconhecendo que a opção por viver num internato tornaria a vida de seus pais "mais confortável" *(sic)*.

Meus pais acham estranho, mas não faço questão de terminar a faculdade. Minha vida será os bichos e a minha casa, assim que puder casar.

MARIANA, 18 anos, tem dois irmãos mais velhos. Mora com o pai há cerca de cinco anos, quando sua mãe apaixonou-se e foi morar na Itália. Fala de dificuldades com a atual esposa de seu pai, cinco anos mais velha do que ela. Cursa o primeiro ano de Biologia. Veio procurar a terapia por alegar dúvidas sobre seu futuro profissional. Foi para a Austrália num intercâmbio nas férias de janeiro e lá diz ter encontrado *uma paz nunca vivida (sic)*. Segundo a paciente, morou numa fazenda com uma família muito agradável. Diz sentir muita falta de sua mãe, encontrando-se com ela nas férias, periodicamente. Tem um namorado há dois anos e sua prioridade é realizar o sonho de constituir uma família, cozinhar e ter muitos filhos. Não pretende trabalhar depois de casada, embora esteja cursando Biologia por *amar os bichos e a natureza (sic)*. Como sua mãe tem um apartamento desocupado em São Paulo, leva animais doentes encontrados na rua para lá, procurando cuidar para depois encaminhá-los para a adoção.

Não acredito em política. Não há em quem votar, pois são todos iguais.

CAROLINA, 18 anos, sexo feminino, mora com os pais. Sua mãe veio procurar a terapia especialmente por observar na filha certo desânimo geral com pouco interesse pela vida social, artes ou esportes. Carolina faz uso esporádico de maconha e passa a maior parte de seu tempo no quarto, ouvindo música, vendo TV ou na internet. Está no terceiro ano do Ensino Médio e não demonstra motivação para cursar faculdade. Seus pais são médicos, têm por volta de 50 anos e participaram na juventude, de movimento estudantil e do Centro Acadêmico da faculdade. Estudaram Artes Cênicas, História e Filosofia. Foram morar juntos aos 22 anos, atuando, profissional ou voluntariamente, em projetos sociais. Na entrevista com a mãe, estes dados surgiram espontaneamente, como para ilustrar este descompasso na comunicação dos valores e ideologias entre Carolina e seus pais.

Não preciso sair de casa para estar com os amigos. Tenho tudo no meu quarto: informação, divertimento e contatos.

RENATO: 15 anos, filho único, mora com a mãe e seus pais são separados há mais de dez anos. Está com 1m70cm e pesa 120 quilos, sendo este o motivo da procura de psicoterapia. Freqüentemente dorme com sua mãe, que diz não conseguir colocar os limites. Renato chega a ficar 24 horas na internet. *Como todo mundo (sic).* Diz que enquanto assiste à TV, come e ouve música ao mesmo tempo, sem sair de seu quarto. É extremamente bem informado e tem boa capacidade de articular suas idéias. Aprendeu inglês e tem compreensão da língua espanhola graças à internet. Nas sessões, mostra-se interessado no trabalho. Fala de sua solidão: apesar de muitos amigos virtuais, sente-se tímido e constrangido no contato pessoal. Vê o pai esporadicamente, e, segundo ele, a relação é distante e um pouco formal. Sua mãe é dona de uma loja no *shopping*, trabalho que acaba consumindo até seus fins de semana. Por ser filho único e ter pouco contato diário com os pais, acaba trazendo muitas vezes à sessão isolamento familiar e social. Renato cita o fato de ficar muito tempo na internet ou assistindo à TV, bem reconhece ter impulsos compulsivos voltados à alimentação.

Tudo que faço é bárbaro pra eles (pais). Às vezes sinto falta de que digam o que querem de mim. Posso tudo: tenho liberdade para fazer o que quiser. Minto para os amigos e digo que eles me controlam.

TATIANA: 16 anos, 2º ano do Ensino Médio, mora com os pais, ambos altos executivos de empresa multinacionais. Resolveu fazer psicoterapia, *pois todos lá em casa fazem (sic)*. Fala de muito diálogo em casa, que seus pais são abertos, embora tenha pouco contato com eles no dia-a-dia em virtude de seus compromissos profissionais. Tem um namorado há cerca de seis meses, com quem passa todos os fins de semana. Apresenta certa liberdade para tomar decisões e mostra esclarecimento em relação aos fatos políticos e sociais, embora não demonstre interesse em atuar em projetos da área. Em sua casa, não há controle sobre horários e programas pessoais. Tatiana traz sentimentos de solidão e falta de parâmetros. Diz sentir-se ainda muito imatura para algumas decisões.

Considerações sobre o contexto da subjetividade atual

"Na base da internacionalização do capital estão a formação, o desenvolvimento e a diversificação do que se pode chamar fábrica global. O mundo se transformou numa imensa e complexa fábrica que se desenvolve conjugadamente com o que se pode denominar *shopping center* global" (Ianni, 1995)[15].

Pensar na cultura da pós-modernidade torna imprescindível reconhecer também as interferências do capitalismo moderno e da globalização nos valores e referenciais da sociedade.

Em princípio, consideremos *cultura* como o *padrão de significados incorporados nas formas, que inclui ações, manifestações verbais e objetos significativos de vários tipos, em virtude dos quais os indivíduos comunicam-se entre si e partilham suas experiências,*

---

[15] IANNI, O., *Teorias da globalização*, Ed. Civilização Brasileira, Campinas, 1999, p. 57.

concepções e crenças (Clifford Geertz)[16]. Para ampliar um pouco o conceito, pode-se reconhecer que a análise cultural envolve, principalmente, a elucidação desses padrões de significado e a explicação interpretativa dos significados incorporados às formas simbólicas. John Thompson (2000), em *Ideologia e Cultura Moderna*, entende as chamadas formas simbólicas como:

> "(...) inseridas em contextos e processos sócio-históricos específicos dentro dos quais, e por meio dos quais, são produzidas, transmitidas e recebidas. A análise dos fenômenos culturais implica a elucidação destes contextos e de processos socialmente estruturados, bem como a sua interpretação"[17].

Geralmente, a inserção das formas simbólicas em contextos sociais também implica que, além de serem expressões para um sujeito, são também recebidas e interpretadas por indivíduos situados dentro de contextos sociais e históricos específicos. As várias características dos contextos sociais são constitutivas não apenas da ação e interação, mas também da produção e recepção das formas simbólicas. É o contexto cultural e suas formas simbólicas que irão, de alguma forma, definir o sujeito nela inserido.

Para o sociólogo Stuart Hall[18] (2001), a questão da identidade vem sendo extensamente discutida, pois, segundo o autor, as velhas identidades estão em declínio, fazendo surgir novas identidades e fragmentando o sujeito moderno. Para discutir este momento, historicamente, o autor apresenta três concepções de identidade:

a) sujeito do iluminismo;
b) sujeito sociológico;
c) sujeito pós-moderno.

---

[16] GEERTZ, C., *The Interpretation of Culture*, New York: Basic Books, p. 5 *apud* John Thompson, "*Ideologia e Cultura Moderna*", Ed. Vozes, RJ, 2000, p.176.
[17] THOMPSON, J., *Ideologia e Cultura Moderna*, Ed. Vozes, RJ, 2000, p. 181.
[18] HALL, S., *A Identidade Cultural na Pós-Modernidade*, Ed. DP&A, RJ, 2001, pp.10-13.

a) Iluminismo: o sujeito centrado, unificado, dotado das capacidades da razão, de consciência e da ação, cujo centro consiste num núcleo interior, que emergia pela primeira vez quando nascia e com ele se desenvolvia, ainda que permanecendo essencialmente o mesmo – contínuo ou idêntico a ele – ao longo da existência do indivíduo. O centro essencial do Eu era a identidade de uma pessoa.

b) Sociológico: consciência de que este núcleo interior do sujeito não era autônomo e auto-suficiente, mas era formado na relação com outras pessoas importantes para ele, que mediavam assim, os valores, sentidos e símbolos – a cultura – dos mundos que habitava (autores interacionistas simbólicos são as figuras-chave na sociologia que elaboraram esta concepção interativa da identidade do Eu). De acordo com esta visão, que se tornou a concepção sociológica clássica, a identidade é formada na "interação" entre Eu e a sociedade. Por mais que o sujeito tenha um Eu real, este é formado e modificado num diálogo contínuo com os mundos culturais exteriores e as identidades que estes mundos oferecem. Nesta concepção sociológica, se preenche o espaço entre o interior e o exterior – entre o mundo pessoal e o mundo público. A identidade, então, costura o sujeito à estrutura. Estabiliza tanto os sujeitos quanto os mundos culturais que eles habitam, tornando ambos mais unificados e predizíveis.

c) Pós-moderno: as identidades, que compunham as paisagens sociais "lá fora" e que asseguravam nossa conformidade subjetiva com as necessidades objetivas da cultura, estão entrando em colapso, como resultado de mudanças estruturais e institucionais. O próprio processo de identificação tornou-se mais provisório, variável e problemático. O sujeito pós-moderno não tem uma identidade fixa, essencial ou permanente. O sujeito assume identidades em diferentes momentos, identidades que não são unificadas ao redor de um Eu coerente. À medida que os sistemas de significação e representação cultural se multiplicam, somos confrontados por uma multiplicidade desconcertante e cambiante de identidades possíveis, com cada uma das quais poderíamos nos identificar, ao menos temporariamente. O autor Hall usa o conceito de sujeito para pensar na evolução da identidade cultural. Sua discussão em relação à idéia de indivíduo merece ser esclarecida, pois estaremos citando *sujeito, indivíduo e individualismo*, respeitando a terminologia apresentada pelos autores citados, dentro de suas respectivas linhas teóricas de pensamento.

A idéia de indivíduo traz uma origem de sentido no plano do físico e se refere ao indivisível; ou seja, trata-se do uno que não poderá ser reduzido. No campo moral ou político, o indivíduo é a pessoa; no campo biológico, pode ser traduzido por *organismo* ou, em última análise, à célula. O conhecimento histórico visa representar o indivíduo em seu caráter singular e não como caso particular de uma lei, mas como irredutível aos outros indivíduos com os quais está em conexão causal. Neste caso, indivíduo diz respeito ao evento *histórico* (fato, pessoa, instituição, etc.). O conceito de indivíduo tem duas características básicas: *a singularidade e a não repetibilidade*[19].

Para o sujeito, o autor Abbagnano (2000)[20] traz duas definições básicas: a primeira diz respeito ao que se fala ou a que se atribuem qualidades ou determinações. Na terminologia gramatical, o sujeito é o assunto do discurso; a segunda trata do espírito ou consciência determinante do mundo do conhecimento ou da ação. Articula-se, então, à capacidade autônoma e relações ou de iniciativas que é contraposta ao simples ser *objeto* ou parte passiva de tais relações[21].

Pensando um pouco mais sobre este processo...

A época moderna fez surgir uma forma nova e decisiva de *individualismo,* no centro do qual erigiu-se uma nova concepção do sujeito individual e sua identidade. Isto não significa que, nos tempos

---

[19] Material extraído do *Dicionário de Filosofia*, de Nicola Abbagnano, Ed. Martins Fontes, SP, 2000, pp. 555-556.
[20] *Op. cit.*, pp.929-930.
[21] O conceito de sujeito traz em si um percurso no pensamento filosófico desde Sócrates. Na metafísica clássica aparece em Aristóteles e no pensamento moderno segue a partir de Descartes, especialmente, e em Kant e Heidegger. (*op.cit.*, pp.929-930).

pré-modernos, as pessoas não eram indivíduos, mas que a individualidade era tanto vivida quanto conceptualizada de forma diferente: *as transformações associadas à modernidade libertaram o indivíduo de seus apoios estáveis nas tradições e nas estruturas*[22]. A ordem secular e divina das coisas predominavam sobre qualquer sentimento de que a pessoa fosse um indivíduo soberano. Esta idéia de indivíduo soberano pode ter nascido entre o Humanismo Renascentista (século XVI) e o Iluminismo (século XVIII)[23], sendo este o motor que colocou todo o sistema social da modernidade em movimento.

O Humanismo apresenta o Homem capaz de autodeterminar-se, ou seja, o indivíduo racional, dono de seus atos. Fernando Rey apresenta uma discussão sobre este enfoque, ao questionar uma concepção que traz um Homem portador de uma essencialidade inerente. O autor também problematiza a dicotomia entre o social e o individual, presente no pensamento psicológico durante a primeira metade do século XX. O autor chamou de *indivíduos*[24] aqueles identificados exclusivamente por processos internos e individuais, bem como o indivíduo pensado a partir do behaviorismo[25], que inspirou categorias básicas da psicologia do século XX: personalidade, motivação, pensamento, percepção, etc[26]. Para o autor, durante toda a primeira metade do século XX, a psicologia foi dominada por uma representação individualista de seus objetos e de suas práticas, embora esse indivíduo apareça estudado por meio de unidades muito diferentes, que não permitiram representá-lo como sujeito portador e produtor da subjetividade.

---

[22] HALL, S. , *op. cit.*, p. 24-25.
[23] Humanismo foi um movimento intelectual surgido no Renascimento, num esforço por mostrar a dignidade do espírito humano, com resgate da confiança na razão e no espírito crítico. O Iluminismo se desenvolveu na França, Alemanha e Inglaterra. Surgiu em defesa da ciência e da racionalidade crítica, contra a fé, a superstição e os dogmas. Defende a liberdade individual e, resumidamente, respeita o direito ao saber e a razão como meios para emancipação do homem (*op.cit.*, Abbagnano, pp. 380-381).
[24] Grifo meu.
[25] Método de Psicologia Experimental voltado, basicamente, à investigação do comportamento.
[26] REY, F.G., *Sujeito e Subjetividade*. Ed. Thomson, SP, Cap. 3, p.121.

Rey considera esta concepção de indivíduo limitado à condição de agente, operador e executor, desprovido de sua condição subjetiva. Este caráter puramente objetivo compromete o indivíduo à sua realidade sociocultural, mas não o deixa conceder nada a esta ação. A cultura definida como um processo de significação insere, porém, o indivíduo a compartilhar elementos de sentidos e significados gerados dentro destes espaços, os quais passam a ser elementos da subjetividade individual[27]:

> "Entretanto, essa subjetividade individual está constituída em um sujeito ativo, cuja trajetória diferenciada é geradora de sentidos e significações que levam ao desenvolvimento de novas configurações subjetivas individuais que se convertem em elementos de sentidos contraditórios com o *status quo* dominante nos espaços sociais nos quais o sujeito atua. Esta condição de integração e ruptura, de constituído e constituinte que caracteriza a relação entre sujeito individual e a subjetividade social, é um dos processos característicos do desenvolvimento humano"[28].

Diferentes espaços sociais perpassam entre si na constituição subjetiva de qualquer comportamento social e individual, ampliando as possibilidades de reflexão sobre homem e sociedade. As configurações que caracterizam a subjetividade social se concretizam nos espaços de relação em que atuam os indivíduos. O sujeito, então, é concebido como sujeito constituído subjetivamente:

> "A representação do caráter social do homem apoiada em uma compreensão do social como determinante externo do comportamento individual seria, além de profundamente mecanicista, antidialético, pois o social atua a partir da mesma condição subjetiva do homem comprometido na ação

---
[27] *Op. cit.*, pp.180-207.
[28] *Op. cit.*, p.207.

social. O social atua como elemento produtor de sentido partindo do lugar do sujeito em seu sistema de relações e da história deste próprio sujeito, que também não representa uma estrutura interna passiva, definitiva de seus comportamentos atuais, e sim, uma configuração geradora de sentidos que não podem isolar-se dos sentidos produzidos no curso da experiência do sujeito"[29].

Na psicanálise de Lacan, a definição de Outro está relacionada à ordem simbólica, constituída pela linguagem e integrada de elementos significantes que formariam o inconsciente. Se a ordem simbólica media todas as expressões do sujeito, Rey considera que este também tem a capacidade de questionar esta ordem e atuar como constituinte dela, mediante seus complexos processos de subjetivação e de suas ações[30].

A história moderna do sujeito individual reúne dois significados distintos: por um lado, o sujeito é indivisível – uma entidade que é unificada no seu próprio interior e não pode ser dividida, além disso; por outro lado, é também uma entidade que é singular, distintiva e única.

Os movimentos importantes que contribuíram para a emergência desta nova concepção foram o Protestantismo e a Reforma, o Humanismo Renascentista, as revoluções científicas – capacidade de inquirir, investigar, decifrar os mistérios da Natureza e o Iluminismo, centrado na imagem do homem racional, científico, libertado do dogma e da intolerância[31].

René Descartes[32] seria um destes expoentes, influenciado pela nova ciência do século XVII, que explica e postula, de forma matemática

---

[29] *Op. cit.*, p. 224.
[30] *Op. cit.*, p.228.
[31] HALL, S., *op. cit.*,p. 26.
[32] René Descartes (1596-1650), filósofo francês, desenvolveu a idéia da dúvida como condição para o conhecimento. Este, porém, requer sempre um fundamento metafísico. *Penso, logo existo* é a frase que conduz a linha de pensamento de Descartes (Abbagnano, *op.cit.*, p.58).

e racional, duas substâncias distintas: a espacial (matéria) e a pensante (mente), refocalizando o grande dualismo entre a mente e a matéria, que tem afligido a Filosofia desde então: *Penso, logo existo* situa o sujeito como racional, pensante e consciente (sujeito cartesiano). O indivíduo como um ser racional, numa identidade que permanece a mesma e que era contínua com este sujeito, pode ser pensado a partir das idéias de John Locke referindo que a identidade da pessoa alcança a exata extensão em que sua consciência pode ir para trás, para qualquer ação ou pensamento passado[33]. O sujeito da modernidade é, portanto, o sujeito da razão, do conhecimento e da prática, sendo também aquele que sofre as conseqüências desta prática (Foucault)[34].

A emergência da noção de individualidade, no sentido moderno, pode estar relacionada ao colapso da ordem social, econômica e religiosa medieval[35]:

> "Neste sentido, o sujeito cartesiano foi criticado com o advento da sociologia, que desenvolveu uma explicação alternativa do modo como os sujeitos são formados subjetivamente através de participação em relações sociais mais amplas; e inversamente, do modo como os processos e as estruturas são sustentados pelos papéis que nele desempenham. Este seria o modelo sociológico interativo, produto da primeira metade do século XX"[36].

Nesta mesma época, porém, um quadro mais perturbador começa a surgir, trazendo um homem isolado, exilado ou alienado,

---

[33] John Locke (1632-1704), médico inglês, desenvolveu obras filosóficas, privilegiando a necessidade da experiência contra o racionalismo cartesiano. O conhecimento depende, segundo o autor, das sensações e do estudo empírico (Abbagnano, *op. cit.*, p.101).
[34] FOUCAULT, M., *A ordem do discurso*, Ed. Loyola, SP, 6ª ed., 1996, publicação da aula inaugural no Collegè de France, pronunciado em 2/12/1970 – Breve síntese elaborada por essa pesquisadora.
[35] HALL, S., *op. cit.*, p. 28.
[36] HALL, S., *op. cit.*, p. 31.

colocado contra o pano de fundo da metrópole anônima e impessoal, na multidão. Alguns autores, segundo Hall, sustentam que as identidades modernas, na modernidade tardia, não estão desagregadas, mas deslocadas[37]. Haveria, então, uma série de rupturas no discurso do conhecimento. Cinco grandes avanços na teoria social seriam observados, aqui apresentados de forma resumida, segundo o autor:

1. A primeira descentração importante ocorreu com o marxismo, naturalmente no Século XIX[38]. Mas um dos modos que seu trabalho foi reinterpretado nos anos 60 foi à luz da afirmação de que os homens fazem a história, mas apenas sob as condições que lhes são dadas. Os novos intérpretes entenderam que os indivíduos agiam com base nas condições históricas e culturais que lhes eram oferecidas por gerações anteriores. Marx deslocou duas proposições-chave da filosofia moderna: que há uma essência universal no homem; que essa essência é atributo de cada indivíduo singular[39].

2. Freud e a descoberta do inconsciente seria o segundo descentramento. A teoria de que nossas identidades, nossa sexualidade e a estrutura de nossos desejos são formados a partir de processos psíquicos simbólicos do inconsciente, que funciona numa lógica muito diversa daquela da razão, arrasa com o conceito cognocente e racional provido de uma identidade fixa e unificada, questionando, assim, as idéias de Descartes.

---
[37] HALL, S., *op. cit.*, p. 34.
[38] Karl Marx (1818-1883), filósofo alemão. Sua obra teve grande impacto na formação do pensamento social e político contemporâneo.
[39] MARX, K., *El Capital*, Tomo 1, pp. 63-65, *apud* Stuart Hall, *op. cit.*, p. 35.

Lacan[40] amplia a idéia colocando na fase do espelho e na formação do Eu no olhar do outro, a possibilidade de, por meio da relação, iniciar a construção de sistemas simbólicos, que a inclui nos sistemas de representações sociais, tais como a cultura, a língua e as diferenças sexuais. *Embora, neste caso, o sujeito esteja sempre partido ou dividido, ele vivencia sua própria identidade como resultado da fantasia de si mesmo como uma pessoa unificada, formada na fase do espelho. Essa, de acordo com este tipo de pensamento psicanalítico, é a origem contraditória da identidade*[41]. A identidade é, então, algo formado ao longo do tempo por intermédio de processos inconscientes, e não algo inato, existente na consciência no momento do nascimento. Existe sempre algo fantasiado, imaginário, sobre sua unidade. Ela permanece sempre incompleta, sempre sendo formada. O processo de identificação seria este processo, eternamente em andamento.

3. O terceiro seria o lingüista Sausurre[42], afirmando que a língua seria um sistema social e não individual. Ela, portanto, pré-existe em nós. Falar uma língua significa, portanto, expressar nossos pensamentos interiores mais originais; significa ativar a imensa gama de significados que já estão embutidos em nossa língua e em nossos sistemas culturais. O significado das palavras também surge nas relações de similaridade e diferença que as palavras têm com outras palavras no interior do código da língua. Tudo que dizemos tem um antes e um depois. O significado é, portanto, inerentemente instável: o indivíduo procura o fechamento (a identidade), mas ele é constantemente perturbado pela diferença.

---

[40] Jacques Lacan (1901-1981), psicanalista francês, desenvolveu sua teoria a partir dos trabalhos de Freud.
[41] HALL, S., *op. cit.,* p.38.
[42] SAUSSURE, F., *Cours de Linguistic Générale*, Paris: Payot, 1973, p. 23 *apud* Stuart Hall, *op. cit.*, p. 40.

O significado está constantemente escapulindo de nós. Existem sempre significados suplementares dos quais não temos controle, que surgirão e subverterão nossas tentativas para criar mundos fixos e estáveis.

4. Michel Foucault criou uma espécie de genealogia do sujeito moderno. Este autor destaca um novo tipo de poder, que ele chama de poder disciplinar que se preocupa, primeiramente, com a regulação, vigilância e em segundo lugar com o indivíduo e com o seu corpo[43]. São representados pelas novas instituições que se desenvolveram ao longo do século XIX e que policiam e disciplinam as populações modernas: oficinas, quartéis, escolas, prisões, hospitais, clínicas e assim por diante. O objetivo do poder disciplinar consiste em manter as vidas, as atividades, os trabalhos, as infelicidades e os prazeres do indivíduo, assim como sua saúde física e moral, suas práticas sexuais e sua vida familiar, sob estrito controle e disciplina, com base no poder dos regimes administrativos, do conhecimento especializado dos profissionais e no conhecimento fornecido das Ciências Sociais. Em resumo, seu objetivo consiste em produzir um ser humano que possa ser tratado como um corpo dócil.

Na visão do autor, embora o poder disciplinar de Foucault seja o produto de novas instituições coletivas e de grande escala da modernidade tardia, suas técnicas envolvem uma aplicação do poder e do saber que individualiza ainda mais o sujeito e envolve mais intensamente seu corpo, ou melhor, quanto mais coletiva e organizada a natureza das instituições da modernidade

---

[43] Michel Foucault (1926-1984), foi um dos mais influentes pensadores franceses. Neste texto, a obra citada é *Vigiar e Punir*, Ed. Gallimard, Paris, 1975, *apud* Stuart Hall, *op. cit.*,p. 43.

tardia, maior o isolamento, a vigilância e a individualização do sujeito.

5. O impacto do feminismo, quer como crítica teórica, quer como movimento social, seria, segundo o autor, outro fator importante para o avanço social. Associado a outros movimentos políticos sociais de 1968, poderíamos reter que:

a. *Esses movimentos se opunham tanto à política liberal capitalista do Ocidente quanto à política Stalinista do Ocidente.*

b. *Afirmavam tanto as dimensões subjetivas quanto as objetivas da política.*

c. *Suspeitavam de todas as formas burocráticas de organização e favoreciam a espontaneidade e os atos de vontade política.*

d. *Ênfase e forma cultural fortes (no Teatro da Revolução, por exemplo)*

e. *Refletiam o enfraquecimento ou o fim da classe política e das organizações políticas de massa com ela associadas, bem como sua fragmentação em vários setores sociais.*

f. *O feminismo apelava às mulheres, à política sexual, aos gays e lésbicas, às lutas raciais, ao movimento antibelicista, aos pacifistas, etc. Isto constitui o nascimento histórico do que veio a ser conhecido como política de identidade – uma identidade para cada movimento*[44].

---
[44] HALL, S., *op. cit.*,pp. 44-45.

Por outro lado, o feminismo também teve uma relação direta com o descentramento conceitual do sujeito cartesiano[45] e sociológico, ou seja:

1. Com o *slogan o pessoal é político*, se questionou a clássica distinção entre dentro e fora, público e privado.

2. Atribuiu-se, com a contestação política, arenas novas de vida social, tais como a família, a sexualidade, o trabalho doméstico, o cuidado com as crianças.

3. Enfatizou-se como questão política e social o tema do sujeito formado, produzido e *generificado*[46]. O movimento politizou a subjetividade, a identidade e o processo de identificação.

4. O que era movimento de mulheres passou a incluir formação das identidades sexuais e de gênero.

5. O feminismo questionou a noção de que os homens e as mulheres eram partes da mesma identidade: a humanidade substitui e revê a questão da diferença sexual[47].

Há unanimidade quando se tenta definir a sociedade atual, pois todos os autores concordam em traduzir o mundo moderno com a idéia de *fragmentação da subjetividade*. Sergio Paulo Rouanet é um destes autores que observam uma espécie de ressentimento contra o

---

[45] O chamado *sujeito cartesiano* refere-se ao sujeito apresentado na doutrina filosófica de Descartes e seus discípulos. Descartes influenciou o pensamento moderno e considerou, basicamente, sujeito como aquele que conhece, que tem a consciência; opõe-se àquilo que é conhecido, ou seja, ao objeto. Sujeito e objeto definem-se como pólos opostos na relação de conhecimento. (*Dicionário Básico de Filosofia*, Japiassu, H.; Ed. Jorge Zahar, RJ, 1996, p.255).
[46] Grifo meu.
[47] HALL, S., *op. cit.*, pp.45-46.

modelo civilizatório que deu seus contornos à modernidade: o Iluminismo. Apesar deste movimento cultural visar à auto-emancipação da humanidade por meio de valores como racionalismo, individualismo e universalismo, houve uma associação entre Iluminismo e repressão, já que o racionalismo e o rigor da ciência eram coercitivamente controlados[48]. Em contraposição ao referencial iluminista voltado à coerência e manutenção, observa-se na modernidade um caráter *descontínuo*:

(...) "tudo que é sólido se desmancha no ar" (Marx)[49].

As sociedades modernas são, por definição, sociedades de mudança constante, rápida e permanente. Giddens[50] (1991) argumenta que: *nas sociedades tradicionais o passado é venerado e os símbolos são valorizados porque contém e perpetuam a experiência de gerações...* Na modernidade, em contraste, as práticas sociais são constantemente examinadas e reformuladas à luz das informações recebidas sobre aquelas próprias práticas, alterando, assim, constitutivamente, seu caráter. Em condições de modernidade[51], o lugar se torna cada vez mais fantasmagórico: *O que estrutura o local não é simplesmente o que está presente na cena; a forma visível do local oculta as relações distanciadas que determinam sua natureza*[52].

Giddens (1991) associa o dinheiro como um dos principais exemplos ligados à modernidade. Trata-se do fator essencial para transações distanciadas. Estas transações tornam a modernidade

---
[48] ROUANET, S. P., *Mal-Estar na Modernidade in* Revista Brasileira de Psicanálise, vol. XXXI, nº 1, 1997.
[49] MARX. K., *Grundisse*, harmondsworth: Penguin, p. 141 *apud* Anthony Giddens, *As Conseqüências da Modernidade*, Ed. Unesp, SP, 1991, p.52.
[50] GIDDENS, A., *As Conseqüências da Modernidade*, Ed. Unesp, SP, 1991, p. 14.
[51] Giddens define modernidade como se segue: *refere-se ao estilo, costume de vida ou organização social que emergiram na Europa a partir do século XVII e que ulteriormente se tornaram mais ou menos mundiais. Isto associa a modernidade a um período de tempo e a uma localização geográfica inicial, embora, por enquanto ainda deixe suas características principais guardadas em segurança numa caixa preta. (op. cit.*, p. 11).
[52] GIDDENS, A., *op. cit.*,p. 28.

inerentemente globalizante, definida como a intensificação das relações sociais em escala mundial: acontecimentos locais são modelados por eventos ocorrendo a muitas milhas de distâncias e vice-versa. Essa transformação cria também a extensão lateral das conexões sociais através do tempo e do espaço[53].

A globalização também, para Giddens, traz transformações do tempo e do espaço, isto é, traz um *desalojamento do sistema social, ou seja, a extração das relações sociais dos contextos locais de interação e sua reestruturação ao longo de escalas indefinidas de espaço-tempo*[54]. Tempo e espaço estão cada vez mais distantes e sem articulação.

Nas sociedades pré-modernas, por outro lado, o "quando" era conectado diretamente ao "onde", criando, segundo o autor, uma uniformidade na organização social do tempo. As dimensões espaciais da vida social eram, até meados do século XVII, para a maioria da população, dominadas pela "presença" física e por atividades localizadas.

Pode-se dizer, então, que o advento da modernidade arranca crescentemente o espaço do tempo fomentando relações entre outros ausentes, localmente distantes de qualquer situação dada ou interação face a face. O que estrutura o local não é simplesmente o que está presente na cena; a forma visível do local oculta as relações distanciadas que determinam sua natureza. Este distanciamento entre tempo e espaço, segundo Giddens, *abre múltiplas possibilidades de mudança liberando das restrições dos hábitos e práticas locais*[55]. As organizações modernas são capazes de conectar o local e o global, de forma que seriam impensáveis nas sociedades tradicionais, afetando a rotina de milhões de pessoas. Ocorre um deslocamento das relações sociais de contextos locais de interação e sua reestruturação, por meio de extensões indefinidas de tempo-espaço, geram uma espécie de *desencaixe*[56]. Esta oscilação e instabilidade geram descontinuidades que

---
[53] GIDDENS, A., *op. cit.*, p. 70.
[54] GIDDENS, A., *op. cit.*, pp. 25-27.
[55] GIDDENS, A., *op. cit.*, p. 28.
[56] Conceito desenvolvido na obra supra citada referindo-se ao *deslocamento das relações sociais de contexto locais de interação e sua reestruturação através de extensões indefinidas de tempo-espaço.* (*op. cit.*, p. 29).

afetam de forma profunda os sistemas sociais, como diz o professor Anthony Giddens (1991). A modernidade não é apenas *um rompimento impiedoso com toda e qualquer condição precedente, mas pode ser caracterizada por um processo sem fim de rupturas e fragmentações no seu próprio interior* [57] (Harvey, 1992).

No modelo globalizado surgem novas configurações

Desde a Segunda Guerra Mundial, o capitalismo retornou sua expansão pelo mundo tornando-se, a cada dia, cenário de um vasto processo de internacionalização do capital[58]. A queda da Guerra Fria acabou por quebrar importantes barreiras políticas que intensificaram os movimentos e a reprodução do capital em escala mundial.

Na base desta dinâmica, estão a formação o desenvolvimento e a diversificação do que o autor chama *fábrica global*: *Intensificou-se e generalizou-se o processo de dispersão geográfica da produção, ou das forças produtivas, compreendendo o capital, a tecnologia, a força do trabalho, a divisão do trabalho social, o planejamento e o mercado*[59]. A esta nova divisão internacional do trabalho e da produção, soma-se a terceirização e a flexibilização, tudo amplamente agilizado e generalizado com base nas técnicas eletrônicas, o que concretiza a globalização do capitalismo, em termos geográficos e históricos.

Seja como trabalhador ou como consumidor, o indivíduo da sociedade capitalista não só aprende a avaliar-se em face dos outros, mas a ver a si próprio através dos olhos alheios; aprende que a auto-imagem projetada conta mais que as habilidades, a experiência e as habilidades adquiridas. Suas posses, suas roupas e sua apresentação

---

[57] HARVEY, D., *A condição pós- moderna*, Ed. Loyola, SP, 1992, p.25.
[58] IANNI, O., *Teorias da Globalização*, Ed. Civilização Brasileira, RJ, 1999, p. 55.
[59] IANNI, O., *op. cit.,*p. 57.

criam uma *performance*, conforme diz Lasch (1968), ao desenvolver sua teoria sobre o narcisismo e o sistema capitalista. Num contraponto aos valores do século XIX, no qual o "ser" alguém e o "caráter" definiam as pessoas, a personalidade no mundo capitalista adota o que o autor chama de visão teatral desta *performance*[60].

Nas condições do relacionamento social cotidiano, as sociedades baseadas na produção e no consumo de massa estimulam uma atenção sem precedentes nas imagens e impressões superficiais, a um ponto em que o Eu se torna quase indistinguível de sua superfície. A individualidade e a identidade pessoal transformam-se problemáticas em tais sociedades:

> "Quando as pessoas reclamam por se sentirem inautênticas ou se rebelam contra o desempenho de papéis, dão testemunho da pressão predominante no sentido de que se vejam com os olhos dos outros e moldem o Eu como mais uma mercadoria disponível para o consumo no mercado aberto. A produção de mercadorias e o consumismo alteram as percepções não apenas do Eu como do mundo exterior ao Eu; criam um mundo de espelhos, de imagens insubstanciais, de ilusões cada vez mais indistinguíveis da realidade. O efeito especular faz do sujeito um objeto; ao mesmo tempo, transforma o mundo dos objetos numa extensão ou projeção do Eu"[61] (Lash, 1986).

Este modo de pensar leva-nos a observar as relações que acabam por *coisificar* o outro e faz com que tornemo-nos também *coisificados*. Neste contexto, no qual fantasia e realidade se confundem num mundo cheio de estímulos sedutores, surge o descontentamento, parecendo dissolver a escolha e o contato com desejos genuínos.

Quebram-se fronteiras que também criam um processo, ao mesmo tempo, de realidade e metáfora. Este é o fenômeno da globalização, diz

---

[60] LASCH, C., *O mínimo Eu*, Ed. Brasiliense, SP, 1986, p. 21.
[61] LASCH, C., *op. cit.*,p. 21-22.

Otavio Ianni (1999). Leva-se, para além das fronteiras, o capital, que internacionaliza os meios produtivos, a comunicação/informação, a soberania e as questões sociais. Neste processo, o autor abre a colocação de Giddens sobre a instabilidade provocada pela globalização:

"Os horizontes históricos e teóricos abertos pela internacionalização do capital, compreendendo uma forma desenvolvida da reprodução ampliada deste capital, logo põe em causa as noções de economia nacional, de desenvolvimento econômico nacional, de colonialismo, de imperialismo, de dependência, de bilateralismo, multilateralismo, etc. Estas noções continuam de alguma ou muita validade, permitindo descrever e interpretar realidades particulares em diferentes partes do mundo. Expressam relações, processos e estruturas muito presentes e evidentes nas condições de vida dos indivíduos, dos grupos, das classes, das tribos, dos clãs, dos povos, das nações, e nacionalidades. Mas, por dentro e por sobre a economia mundial, o imperialismo e o multilateralismo, além de outras realidades e conceitos que continuam presentes e válidos, desenvolvem-se as relações, os processos e as estruturas que constituem a organização e a dinâmica do capital em escala mundial"[62].

Assim, se subvertem noções, conceitos, categorias ou interpretações. O que parecia evidente e consolidado pode parecer duvidoso, inacabado ou superado.

A realidade fragmentada e a virtual

Este processo dá origem ao que Ianni (1999) chama fragmentação do real, disperso pelo espaço e despedaçado no tempo:

---

[62] IANNI. O., *op. cit.*, p. 71.

"Quando se acelera a globalização, tem-se a impressão que geografia e história chegaram ao fim e que a razão possa estar dando lugar à imaginação. Troca-se experiência por aparência, o real pelo virtual, o fato pelo simulacro, a história pelo instante, o território pelo dígito, a palavra pela imagem"[63].

Tudo fica *desterritorializado*[64] e, segundo o autor, coisas, gentes e idéias, assim como palavras, gestos, sons e imagens se deslocam pelo espaço, atravessando a duração, revelando-se flutuante, itinerante, volante. Em lugar da grande narrativa, da articulação abrangente, vem a colagem, o videoclipe, o pastiche e a folclorização do singular. Tudo se dissolve no momento presente, sendo logo superado por outra imagem. O espaço e o tempo fragmentam a realidade, as recorrências e os desencontros, as seqüências e as descontinuidades, multiplicando-se o espaço e o tempo na imaginação e no virtual[65]. A transformação social é substituída pela transformação de imagens. Tudo isto alimenta o fundamento do capitalismo: o consumo.

Cria-se a liberdade de consumir uma pluralidade de bens e imagens. A experiência empobrece-se, dando lugar às aparências. Este é o ambiente alimentado na mídia impressa e eletrônica, na indústria cultural e na cultura de massa, em escala local, nacional e global. Este processo mundializa signos, logotipos e estigmas. Num ritmo frenético de continuidade e descontinuidade, em meio a realidades fragmentadas, o autor explica a instabilidade da globalização e seu reflexo no indivíduo massificado e robotizado.

No artigo *Crise do mercado ou crise do sujeito?*[66], o psicanalista Contardo Calligaris ilustra esta discussão, considerando a passagem de uma sociedade organizada pelas diferenças de bens e posses para uma sociedade comandada pela aparência: *Não se trata mais da*

---

[63] IANNI. O., *op.cit.* p. 211.
[64] O grifo é meu.
[65] IANNI. O., *op. cit.,* p. 213.
[66] CALLIGARIS, C., "Crise do mercado ou crise do sujeito?", artigo publicado no jornal *Folha de S. Paulo*, n° 27.099, ano 82, edição de 8/8/2002.

necessidade de o rico mostrar sua riqueza. Parecer rico torna-se mais importante do que ser rico. O que chama de *sinais exteriores de invejabilidade* abre possibilidades de consumo, pois se passa a consumir um estilo de vida, já que *parecer* vale mais do que *ser* ou até mesmo *ter*[67].

Imagens e fatos confundem-se, até mesmo, na informação e no jornalismo. O que os americanos chamam de *inforteinment* – informação com entretenimento – gera um modo espetacular de transmitir a notícia. O *show* da imagem veiculada dilui o fato e a informação nas fronteiras da diversão e do *voyerismo*.

Assim como Lasch, vários autores reconhecem esta como uma sociedade narcisista que privilegia o individualismo. O outro como diferente e singular, o outro como atributo da alteridade inexistindo, faz desaparecer também a solidariedade. Joel Birman (1999) refere esta dinâmica em seu livro *Mal-Estar na Atualidade*. Neste mundo das aparências, *(...) o que interessa aos sujeitos é o engrandecimento grotesco da própria imagem. O outro passa a servir ao incremento da auto-imagem, podendo ser eliminado como um dejeto quando não mais servir para esta função abjeta*[68]. As relações parecem garantidas numa função especular, em que as diferenças e especificidades não podem se fazer presentes.

Individualismo e massificação

Dentro dos princípios do Iluminismo, Rouanet (1997) observa o homem contemporâneo vivendo o *individualismo*, condutor de uma ruptura com as antigas cosmovisões comunitárias, onde o homem só valia como parte do coletivo (clãs, tribos, polis, feudo). Emancipar implicava individualizar e o *universalismo,* associado à abrangência do processo civilizatório, dirigia-se a todos os homens independentemente

---

[67] Grifos meus.
[68] BIRMAN, J., *Mal-Estar na Atualidade*, Ed. Civilização Brasileira, RJ, p. 25.

de raça, cor, religião, sexo, nação ou classe. *Neste caso, emancipar corresponderia a universalizar, dissolvendo os particularismos*[69]. Apesar de o objetivo do projeto iluminista ser emancipatório, sua institucionalização pode ser vivida como repressora.

Hoje em dia, o clima é de liberdade. Dando créditos a Marcuse[70], como um crítico da cultura:

> "É justamente da liberdade que partem agora os impulsos para dominar os homens. A repressão assume a forma de liberdade. A violência do pensamento não se manifesta mais como proibição de pensar, mas como liberdade de pensar, o que nas condições atuais de condicionamento invisível significa a liberdade de pensar o que todos pensam"[71].

A vontade popular não fica mais submetida a tiranos personalizados, mas todo um sistema democrático no qual as regras formais de funcionamento impedem uma verdadeira contestação do poder existente. A coação atua a partir da abundância e do excesso. O clima de desamparo e abandono nas relações de trabalho globalizadas decorre de sistemas mundiais, com regras massificantes em que o indivíduo fica solapado pelas exigências e pressões exercidas. As particularidades e a singularidade são praticamente inacessíveis.

Ao mesmo tempo em que o mundo é globalizado, a noção de cidadania verdadeiramente universal está mais distante e os homens mais desunidos. A tirania comanda o dinheiro e a informação criando a hegemonia de um único pensamento, fincado na ideologia do consumo. A competitividade, sugerida pelo consumo, afasta os homens

---

[69] ROUANET, S. P., *O Mal-Estar na Modernidade*, in Revista Brasileira de Psicanálise, vol. XXXI – n° 1, 1997, p. 89.
[70] Herbert Marcuse (1898-1979), filósofo alemão, denunciou a aparente tolerância existente no liberalismo de certas sociedades industriais avançadas como uma pseudoliberdade. (*Dicionário Básico de Filosófica*, Hilton Japiassu, Ed. Jorge Zahar, RJ, 3ª edição, 1996. p. 174.
[71] ROUANET, S. P., *op. cit.*, pp. 10-11.

da solidariedade e de um estilo de vida em que caibam as diferenças. Para Milton Santos (2000), o discurso antecede à ação:

"Estamos diante de um novo encantamento do mundo, no qual o discurso e a retórica são o princípio e o fim. Esse imperativo e essa onipresença da informação são insidiosos, já que a informação atual tem dois rostos, um pelo qual ela busca instruir, e um outro, pelo qual ela busca convencer"[72].

Onde há competitividade, não há compaixão, já que a norma instaurada define indivíduos e instituições numa permanente guerra.

A discussão entre essência e aparência torna-se menos importante quando privilégios valem mais do que direitos, ou quando os objetos seduzem ao consumo e o homem é reconhecido pelo poder de consumo, por sua imagem e se torna mercadoria quando é força produtiva. Abre-se pouco ou nenhum espaço para subjetividade. Individualidade pode não corresponder necessariamente à subjetividade.

O indivíduo não tem mais espaço para manifestar seu sofrimento, diz Roudinesco (2000). A negação da alteridade gera intolerância. As proibições exigidas pelo nivelamento e massificação criam uma falta de perspectiva de transformação que levam os seres humanos a buscar nas drogas (até mesmo as farmacológicas), no misticismo, no higienismo ou no culto ao corpo perfeito, o ideal de uma felicidade impossível[73].

Esta configuração traz, segundo a autora, uma sociedade depressiva. Há uma tendência a se abolir no homem seus desejos de liberdade e o silêncio passa a ser a alternativa. O conflito, a angústia e o sofrimento devem ser abolidos para a garantia da estabilidade, que paralisa o pensamento e a crítica: *A sociedade depressiva não quer mais ouvir falar de culpa nem de sentido íntimo, nem de consciência nem de desejo nem de inconsciente. Quanto mais ela se encerra na lógica narcísica, mais foge da idéia de subjetividade*[74].

---

[72] SANTOS, M., *Por uma outra globalização*, Ed. Record, SP, 2000, p.46.
[73] ROUDINESCO, E., *Por quê a Psicanálise?*, Ed. Jorge Zahar, RJ, 2000. pp. 16-19.
[74] ROUDINESCO, E., *op. cit.*,pp. 16-19.

Uma espécie de comando rege o pensamento do homem contemporâneo e impede a sua expressão nos limites e nas inevitáveis diferenças pessoais. Igualdade não traz o significado, pois é também na oposição e no confronto que se constitui a identidade. A competição e o desejo de se diferenciar não podem se manifestar numa sociedade passivamente depressiva. Falta um lugar para o sujeito e sua subjetividade.

> *"Não há crise de juventude, mas uma crise de jovens que vivem em uma sociedade que está em crise"*[75].
> Aberastury, 1981.

Esta frase de Aberastury implica necessariamente o jovem no contexto histórico e social. Sabemos que a psicanálise considera a transição adolescente associada a mudanças fisiológicas e psíquicas tão importantes, que acaba por gerar uma visível desestabilização. A partir da puberdade, o corpo infantil é deixado de lado, e toda carga hormonal do futuro adulto entra em ação, determinando a entrada num novo ciclo, em que um novo corpo e novas sensações trazem também uma percepção e pensamento mais sofisticados. Cargas pulsionais conflitivas, ligadas aos conflitos da infância, nesta fase podem voltar à tona com força total, gerando questões psíquicas intensas. As dependências afetivas do passado chocam-se com o desejo, com a sexualidade e o jovem passa a buscar no social e na vida com grupos, os seus modelos e referências. É como se o adolescente estivesse em busca, ao mesmo tempo, de uma identidade e de uma ideologia. Nesta instabilidade, torna-se sintoma das vulnerabilidades sociais.

A sociedade de consumo, com suas características, oferece uma gama de opções e estímulos, trazendo a impressão da liberdade, que mascara as diferenças. Justamente esta abundância de opções é que acaba por gerar o mal-estar do homem moderno: *A necessidade de fazer*

---
[75] ABERASTURY, A.; KNOBEL, M., *Adolescência normal*, Ed. Artes Médicas, Porto Alegre, 1981, p. 19.

escolhas entre uma gama crescente de alternativas dá origem a persistentes sensações de descontentamento[76]. Este "algo novo" a ser alcançado, aliado à busca da satisfação imediata, gera um vazio e desconforto constantes. Este ritmo frenético e interminável gera uma incompletude que, a meu ver, fica mais próximo de expectativas narcísicas de satisfação, como se houvesse um objeto, uma identidade, um tipo físico e um estilo de vida ideais, possíveis de serem alcançados.

Embora vários autores reconheçam a necessidade premente de o jovem se afastar dos pais nesta fase, por razões já apresentadas, atualmente é possível observar neste um visível conforto em manter uma relação de dependência, tanto do ponto de vista financeiro como afetivo. Uma nova forma de subjetividade poderá estar surgindo neste momento. Embora bem informados e menos reprimidos pelos valores sociais e pelos pais, a aparente passividade e o desencanto dos adolescentes desta geração podem indicar algo presente na sociedade como um todo. Vivemos numa sociedade depressiva? O ideal de mais conforto e qualidade ainda está pouco sintonizado com anseios e expectativas? Talvez o consumismo e os ideais de busca de satisfação imediata acabem por deixar um vazio que a juventude, por estar mais frágil, capta e retransmite no social. Há sobrecarga de estímulos e novos dados lançados ao mundo ininterruptamente dificultam a assimilação. A introspecção e reflexão dependem de um espaço e tempo disponíveis que o cotidiano da vida moderna pouco tem oferecido. Os autores acima citados referendam o surgimento de um novo modo de se estar no mundo e sugerem um clima que oscila entre excessos e descontinuidades, abundância e vazio. Numa nova cena social, novos sintomas.

O adolescente reflete e denuncia um movimento social e cultural mais amplo. Considerado um fenômeno recente na história ocidental, faz-se necessário um levantamento histórico do conceito, bem como a reflexão sobre o fenômeno à luz da Psicologia e da Psicanálise, em busca de subsídios para o trabalho.

---

[76] ROUDINESCO, E., *op. cit.*, p. 42.

CAPÍTULO II
Os discursos sobre a adolescência

O conceito de adolescência: na História e na Psicanálise

No fim do século XIV, o escritor William Shakespeare escrevia o romance *Romeu e Julieta*, retratando um amor impossível entre dois jovens de famílias inimigas. Embora as idéias de combatividade e rebeldia, típicas da adolescência nos dias de hoje, não estivessem presentes naqueles tempos, este clássico romance poderá ser interpretado como prenúncio de uma questão quem sabe universal: dependeria a afirmação da identidade, especialmente, da contraposição aos valores estabelecidos? A paixão entre os jovens Romeu e Julieta, filhos de famílias declaradamente inimigas, representaria a possível necessidade da diferenciação, numa aspiração ao desejo e à paixão que instaura na diferença as expectativas e valores familiares e sociais da época.

Uma reflexão sobre o desenvolvimento do conceito de adolescência faz pensar nas diferentes manifestações deste processo, bem como sua inserção no contexto sociocultural. Transformações sociais indicam o reconhecimento deste fenômeno, trazendo outras manifestações que podem denunciar estes novos contextos históricos e socioculturais.

Do ponto de vista sociológico, trabalha-se a concepção de juventude como relativa ao período interstício entre as funções sociais da infância e as funções sociais do homem adulto. No Brasil, já o artigo 2º do Estatuto da Criança e do Adolescente (1996)[77] define *in verbis*: *Considera-se criança, para os efeitos desta Lei, a pessoa até doze anos de idade incompletos, e adolescente aquela entre doze e dezoito anos de idade.* Pela Constituição de 1988, menores de 18 anos são penalmente inimputáveis. Esta condição legal coloca crianças e adolescentes como *diferentes* dos adultos, havendo um reconhecimento de que cabe aos pais e/ou cuidadores a responsabilidade pelo crescimento e desenvolvimento das crianças e dos adolescentes. Esta concepção respalda e circunscreve o período da adolescência, levando em conta, especialmente o período cronológico e as funções biológicas. Mas como definir a adolescência levando-se também em consideração a complexidade social e psicológica como modo de constituição do sujeito?

A idéia de juventude a ser pensada também como *categoria social*[78], segundo proposta do sociólogo Groppo (2000) é possível quando se considera este grupo como representante de um contexto sociocultural e de uma situação social específicos. Esta concepção ganha, segundo o autor, uma importância fundamental para o entendimento de diversas características das sociedades modernas, o funcionamento delas e suas transformações. Por exemplo, acompanhar as metamorfoses dos significados e vivências sociais da chamada juventude é um recurso iluminador para o entendimento das metamorfoses da própria modernidade em diversos aspectos, assim como arte, cultura, lazer, mercado de consumo, política não institucional, etc[79]. Como

---
[77] *Estatuto da Criança e do Adolescente*, 3ª ed., Malheiros Editores, SP, 2000, p. 14.
[78] GROPPO, L. A., (sociólogo UNICAMP), *Juventude,* Ed. DIFEL, RJ, 2000, p.07.
[79] GROPPO, L. A., *op. cit.,*pp. 7-8.

já apresentado, as definições de adolescência tentam generalizar em conceitos universais uma forma de estar no mundo que não pode estar desvinculada dos diferentes contextos históricos, sociais e culturais. As diferentes "Adolescências", inseridas nos diferentes grupos sociais são evidentes. Nos dias de hoje, por exemplo, o jovem da periferia tem seus valores e modos de vida característicos de sua realidade sociocultural, bem como o jovem de classe média constrói seu estilo a partir de seus referenciais. A apresentação de conceitos clássicos sobre a adolescência visa refletir sobre a evolução do pensamento na perspectiva social e histórica, o que gera também reflexões psicanalíticas sobre a questão.

Com o historiador Phillippe Ariés (1973), verificamos que as chamadas "idades da vida" são referências que ocupam lugar importante nos tratados pseudocientíficos da Idade Média. Esta terminologia se refere a: infância e puerilidade, juventude e adolescência, velhice e senilidade. As "idades", "idades da vida" ou "idades do homem" correspondiam, no espírito de nossos ancestrais, a noções positivas, conhecidas e usuais na experiência comum; não correspondiam apenas a etapas biológicas, mas a funções sociais. Da especulação antigo-medieval restara uma abundante terminologia das idades. No século XVI, traduzindo para o francês, resumiu-se, por uma questão de limitação da língua, as sete idades definidas no latim clássico em três: *enfance, jeunesse e vieillesse* (infância, juventude e velhice). Como juventude significa "força da idade", não havia até então lugar para a adolescência, no sentido hoje conhecido como associado à transição e instabilidade[80].

Até o século XVIII, o que hoje chamamos de adolescência foi confundido com a infância. No latim dos colégios da época, empregava-se indiferentemente a palavra *puer* e a palavra *adolescens*. A palavra *enfant*, segundo Miracle-Notre Dame, era empregada nos séculos XIV e XV como sinônimo de outras palavras tais como *valets, garçon, fils, beau fils*. Apenas uma única palavra conservou até hoje

---

[80] ARIÈS, P., *História Social da Criança e da Família*, Ed. Jorge Zahar, RJ, 1973, pp.41-42.

em dia na língua francesa esta ambigüidade que é a palavra *gars*. Durante o século XVII, houve uma evolução: o antigo costume se conservou nas classes sociais mais dependentes, enquanto um novo hábito surgiu entre a burguesia, na qual a palavra infância se restringiu a seu sentido moderno[81]. A longa duração da infância, tal como aparecia na língua comum, provinha da indiferença que se sentia pelos fenômenos puramente biológicos. A idéia de infância estava associada à idéia de dependência. No sistema patriarcal, o filho ocupava uma posição puramente instrumental dentro da família. Como diz Freire Costa[82], a criança tinha direito a uma atenção genérica e não personalizada. A família funcionava como epicentro do direito do pai, que monopolizava o direito da prole e da mulher. Até o século XIX, a criança permanecia restrita ao papel social de filho. Segundo o autor, suas necessidades pessoais e afetivas eram subestimadas ou ignoradas.

O primeiro adolescente moderno típico foi Sigfried, da ópera de Wagner[83]: expressando ao mesmo tempo a força física, o naturismo, a espontaneidade e a alegria de viver, que faria do adolescente o herói do século XX. O jovem torna-se, a partir daí, tema literário e uma preocupação dos moralistas e políticos. A idéia do jovem mais próxima do conceito de adolescente surge depositária dos valores novos, capazes de reavivar uma sociedade velha. Para Ariès[84], a consciência da juventude tornou-se um fenômeno geral e banal após a guerra de 1914, quando combatentes da frente de batalha se opuseram em massa às velhas gerações de retaguarda.Trata-se, portanto, do reconhecimento desta fase como um fenômeno recente, surgindo como conceito aproximadamente no século XVIII, quando os exércitos começaram a buscá-los para o fortalecimento de seu corpo.

---

[81] ARIÈS, P., *op. cit.,*pp. 43-46.
[82] FREIRE COSTA, J., *Ordem Médica e Norma Familiar*, Ed. Graal, RJ, 1999, pp.153-154.
[83] ARIÈS, P., *op. cit.,*p. 44 - referência ao músico e compositor Richard Wagner, que escreveu entre 1848 e 1874 a obra "O anel dos Nibelungos", composta por quatro óperas interligadas "O ouro do Reno", "As Valquírias", "Sigfried" e "Crepúsculo dos Deuses".
[84] ARIÈS, P., *op. cit.,*pp. 40-48.

Adolescência e Psicologia

O pioneiro na psicologia do desenvolvimento, uma área na pesquisa que recebeu forte influência do pensamento darwinista, foi Stanley Hall (1904)[85], o primeiro autor a tentar delimitar as dimensões básicas da experiência adolescente. É importante lembrar que Hall reconhece em Rousseau (1712 a 1778)[86] a importância do ambiente e da educação na formação da personalidade dos jovens. Embora considerasse a infância uma fase ordenada pelas forças da natureza, Hall supunha que o desenvolvimento na adolescência se tornasse mais plástico e fluido. Possivelmente, sob a influência do movimento romântico, foi também o primeiro a caracterizar esta fase como de *tempestade e tormenta*. Associou também esta nova concepção ao desenvolvimento da individualidade:

> "Além de adquirir a capacidade de reprodução, durante a adolescência o indivíduo torna-se abruptamente consciente de todas as instituições que, no futuro, moldarão sua vida adulta: religião, forças econômicas, moral e política. Seus poderes intelectuais aumentam, tornando-se mais apto à escolarização"[87].

Vários autores reconhecem que as mudanças biológicas e psíquicas desta fase, bem como as implicações referentes à entrada do jovem na sociedade, trazem a este período características complexas e específicas. O surgimento do conceito está intimamente ligado às leis trabalhistas de crianças e ao sistema educacional de massas, conforme citado em Keniston (1968)[88], resultado da "riqueza moderna",

---

[85] HALL, G. S., *Adolescence*, Nova York: Appleton, *apud* Gallatin, J., *Adolescência e Individualidade*, Ed. Harper&Row do Brasil, SP, 1978, p.26.
[86] Jean Jacques Rousseau (1712-1778), filósofo suíço, de família francesa, publicou em 1762 publicou o *Contrato Social*, reconhecendo que o homem é por natureza bom e a sociedade o corrompe pelas desigualdades. No texto, Gallatin refere ao trabalho de Hall, quando o autor lembra Rousseau sobre a necessidade de um ambiente adequado ser, na fase pré-púbere a criança fosse respeitada em sua natureza biológica. (*op. cit.*, p. 29).
[87] KENISTON, K., *Young radicals*, Nova York, 1968, p. 244, *apud* Gallatin, J. , *op. cit.,* p. 12.
[88] KENISTON, K., *op. cit.*, p. 244, *apud* Gallatin, J., *op. cit.*, p. 13.

ou *quando a sociedade produz o suficiente para liberar moços e moças entre doze e dezoito anos do trabalho, é que se pode fazer com que eles continuem a educação e prossigam em seu desenvolvimento psicológico.*

Nota-se que há um sentido de individualidade, ou como diz Friedenberg (1959)[89], ocorre uma busca de se definir mais claramente, não quem ele é, mas *que tipo de quem ele é*[90], como também *o quê* se pode esperar da vida. A individualidade ainda pouco definida deixa no ar a dúvida, mas ao mesmo tempo o anseio e a expectativa de se encontrar um sentido, uma identidade mais clara e algumas metas a seguir.

Outro autor expressivo nesta área, Harry Stack Sullivan (1892-1949), destaca o que chama de *necessidades interpessoais* como o elemento fundamental para o desenvolvimento. A segurança e o apoio emocional têm início nos primeiros momentos da vida. Esta é a condição que diferencia, segundo o autor, os seres humanos de outras espécies. A afirmação destas *necessidades* possibilita o homem ser inserido na civilização:

> "Durante a juventude acrescenta-se a necessidade de companheiros, enquanto modelos indispensáveis para o aprendizado por ensaio-e-erro, e esta é seguida por uma necessidade de aceitação, que talvez seja conhecida pela maioria de vocês pelo seu oposto, o medo do ostracismo, de ser excluído do grupo aceito e significativo. E, além de todas estas tendências integrativas importantes, na pré-adolescência aparece a necessidade da troca íntima, da amizade, ou – em forma mais refinada – do amor de outra pessoa, com sua enorme facilitação de validação consensual, de padrões de aça, dos julgamentos, de valor, etc. No começo da adolescência, a mesma

---

[89] FRIEDENBERG, E., *The Vanishing Adolescent*, New York, 1959, p. 29, *apud* Gallatin, *op. cit.,* p. 15.

[90] O autor dá ênfase à idéia de que há um caminho na direção de se construir uma identidade mais clara e singular.

necessidade de intimidade, amizade, aceitação e troca íntima se transforma em sua forma mais refinada, a necessidade de um relacionamento amoroso com um membro de outro sexo. E é então, finalmente, que temos uma estrutura maior, que se consolidou e se tornou significativa enquanto uma necessidade de intimidade, a qual caracteriza a adolescência e o resto da vida"[91].

Erik Erikson, um dos principais pensadores sobre a adolescência na modernidade, apresenta textos de 1959 e 1968, considerando esta fase associada à busca de um sentido de identidade:

"Os jovens devem tornar-se pessoas totais por seu próprio esforço, durante um estágio do desenvolvimento caracterizado por uma diversidade de mudanças no crescimento físico, maturação genital e consciência social – isto seria o sentido de identidade interior. A fim de experimentar a totalidade, o jovem deve sentir uma continuidade progressiva entre aquilo que ele vem sendo durante os longos anos da infância e o que promete converter-se num futuro antecipado; entre aquilo que ele se concebe ser e o que percebe que os outros vêem e esperam dele"[92].

É na adolescência que o jovem de alguma forma integra o que aprendeu a respeito de si mesmo durante a infância. Erikson acredita que o sentido da identidade pessoal depende das contingências tais como as habilidades com as quais ele nasceu, as oportunidades que ele teve para desenvolvê-las, as experiências emocionais pelas quais passou, o tipo de pais que teve e o ambiente cultural da infância[93].

---

[91] SULLIVAN, H.S., *The interpersonal Theory of Psychiatry*, Nova York: Norton, 1953, pp. 290-291, *apud* Gallatin, *op. cit.*, pp. 82-83.
[92] ERIKSON, E., *Identity, Youth and Crisis*, Nova York: Norton, p. 87, *apud* Gallatin, *op. cit.*, pp. 84-85.
[93] ERIKSON, E., *op. cit.*, p. 171, *apud* Gallatin, *op. cit.*, p. 16.

De alguma forma, nesta fase, o jovem tenta aprender como usar suas habilidades e traços. Estas habilidades, segundo o autor, são fruto de tendências inatas, oportunidades do meio que favoreceram ou não o desenvolvimento, experiências emocionais e ambiente familiar e cultural. Este sentido de identidade é conquistado no fim da adolescência.

O conceito de adolescência na Psicanálise

Com ênfase na experiência infantil como fundamental na organização da personalidade, Freud não se dedicou profundamente ao estudo da adolescência. Até 1893, nos chamados escritos pré-psicanalíticos, chegou a colocar a puberdade como o momento mais importante do desenvolvimento por relacioná-la ao amadurecimento biológico da sexualidade. Os fenômenos patológicos também estariam associados a esta fase.

A partir de 1893[94], dedicou-se a pesquisar a etiologia das neuroses, constatando por meio da investigação dos sintomas histéricos, uma excitação sexual presente desde a primeira infância. Estes estímulos poderiam dar origem às fantasias e sintomas na fase adulta. Sua teoria está fundada na sexualidade, considerando, porém, que a vida sexual dos seres humanos tem início no primeiro ano de vida.

Em *Três Ensaios sobre a Teoria da Sexualidade* (1905)[95], Freud apresenta as fases de desenvolvimento da organização sexual, partindo das organizações pré-genitais e suas características (oral e sádico-anal) até a chamada *barreira contra o incesto*, que, ao longo de sua obra, como um todo, foi desenvolvida e sistematizada como o Complexo de Édipo.

---

[94] FREUD, S., (1893), *A etiologia das Neuroses* in Obras Completas de Sigmund Freud, Ed. Nueva, Madrid, 1981, vol. 1, p. 202.

[95] FREUD, S., (1905), *Três ensaios sobre a Teoria Sexual* in Obras Completas de Sigmund Freud, Ed. Nueva, Madrid, 1981, vol. 2, pp. 1.209-1.211.

O texto "Transformações na Puberdade" (Item 3 – *Três Ensaios*)[96] seria um dos poucos espaços específicos sobre o tema. Considerando sempre o modelo biológico para compreender os fenômenos psíquicos, o autor fala da primazia das zonas genitais nesta fase:

"Escolheu-se como essencial nos processos da puberdade o mais singular dos mesmos, isto é, o evidente crescimento dos órgãos genitais externos, que durante o período de latência da infância havia ficado interrompido até certo ponto. Simultaneamente, o desenvolvimento dos órgãos genitais internos avançou tanto, que já podem ser capazes de proporcionar produtos sexuais ou, no sexo feminino, de acolhê-los para a formação de um novo ser. Este aparelho deve ser posto em atividade por estímulos apropriados, os quais podem chegar a eles por três caminhos diferentes: partindo do mundo exterior, por excitações das zonas erógenas que já conhecemos; no interior do organismo, por caminhos que ainda devem ser investigados; e da vida anímica, que constitui um armazém de impressões exteriores e uma estação receptora de estímulos internos".

Para o autor, o instinto sexual, até então predominantemente auto-erótico, encontra agora um objetivo sexual: todos os instintos parciais se combinam para atingi-lo, ao passo que as zonas erógenas ficam subordinadas ao primado genital. As funções de reprodução e seus instintos são imperativos. A essência dos processos de puberdade parte do crescimento manifesto dos órgãos sexuais externos.

Apoiando-se no biológico, Freud, neste trabalho, traz a idéia de que a tensão sexual gera um prazer por ele denominado preliminar, fazendo surgir a energia motora necessária para levar a termo o ato sexual:

---

[96] FREUD, S., (1905), *op. cit.*, pp. 1.216-1.217.

"O prazer preliminar é o mesmo que já provocaram, embora em menor escala, os instintos sexuais infantis. O prazer final é novo e, portanto, acha-se ligado a condições que não existiram na puberdade. A fórmula para a nova função das zonas erógenas seria a seguinte: são utilizadas para tornar possível o aparecimento de maior prazer de satisfação por meio do prazer preliminar que produzem e se igualam ao que produziam na vida infantil"[97].

Para Freud, não se deve exagerar sobre as diferenças entre a vida sexual infantil e a do adulto, pois as manifestações da infância não só determinam os possíveis desvios sexuais, mas também a estrutura normal da vida sexual do adulto. Neste sentido, é na puberdade que se faz possível reviver as experiências infantis, sendo estas as referências que indicam o caminho para a escolha do objeto. A ênfase para a constituição da estrutura psíquica situa-se na infância.

Também na Conferência XXI (1916/17)[98] trata-se do desenvolvimento da libido como o segundo momento importante do trabalho de Freud, com reflexões sobre a puberdade. Neste texto, Freud mantém a referência já apresentada sobre a importância desta fase na conclusão das definições sexuais, no que diz respeito às escolhas objetais a serem feitas. O ativo e passivo, características das relações na infância, agora se configuram nas relações objetais, respectivamente, masculina e feminina.

Ocorre aí o abandono do amor pelos pais da infância para novas escolhas objetais. A partir deste ponto, é possível concluir que mesmo nos rituais indígenas, há um trabalho de renúncia das escolhas objetais incestuosas. Há, portanto, uma espécie de reorganização biológica e psíquica na fase da puberdade e adolescência, que leva o jovem a uma capacidade reprodutora que, pelo tabu do incesto, o leva a participar da vida social e cultural de sua comunidade, na busca de novas relações objetais.

---

[97] FREUD, S., (1905), *op. cit.,* p. 1.218.
[98] FREUD, S., (1916-1917), *Teoria Geral das Neuroses*, Conferência XXI, Desenvolvimento da libido e organizações sexuais, *op. cit.,* pp. 2.322-2.325.

"Constatamos que, na puberdade, quando os instintos sexuais, pela primeira vez fazem suas exigências com toda força, os velhos objetos incestuosos familiares são retomados mais uma vez e novamente catexizados com a libido. A escolha objetal infantil era apenas uma escolha débil, mas já era um começo que indicava a direção para a escolha objetal na puberdade. Neste ponto, desenrolam-se, assim, processos emocionais muito intensos que seguem a direção do Complexo de Édipo ou reagem contra ele, processos que, entretanto, de vez que suas premissas se tornaram intoleráveis, devem em larga escala, permanecer apartados da consciência. Dessa época em diante, o indivíduo humano tem de se dedicar à grande tarefa de desvincular-se de seus pais e, enquanto essa tarefa não for cumprida, ele não pode deixar de ser uma criança para se tornar membro da comunidade social"[99].

No entanto, outros textos de Freud esclarecem, sem mencionar diretamente, o processo de transição adolescente. Miriam Debieux Rosa[100] destaca *Introdução ao Narcisismo* (1914), *Luto e Melancolia* (1916) e *Psicologia das Massas* (1921). Em *Luto e Melancolia* é discutida a elaboração do luto articulada à identificação e à transferência do investimento libidinal para outros objetos, aspecto importante para tematizar o luto do pai imaginário e ideal, além do reinvestimento libidinal no objeto, bem como a introjeção no grupo social, aspectos a serem desenvolvidos no Capítulo II, parte 2.

Considerando a importância do Édipo e da constituição do ideal de ego como organizadores da personalidade, estruturados a partir das relações de objeto, mesmo nas mais elementares manifestações vinculares, está o indivíduo submetido ao contexto social:

---
[99] FREUD, S., (1916-1917), *Teoria Geral das Neuroses*, op.cit. pp. 2.332-2.333.
[100] DEBIEUX ROSA, M., *Adolescência: da cena familiar à cena social in* **Revista de Psicologia** – USP, SP, 2002, vol. 13, p. 05.

"Os dois pontos se articulam: a constituição subjetiva engendrada no complexo de Édipo e as considerações freudianas sobre as transformações no sujeito, quando enlaça-se nos grupos sociais. Acrescente-se mais um aspecto: a inserção dos agentes do grupo familiar na sociedade. O exercício das funções materna e paterna opera-se a partir dos lugares (materno, paterno, fálicos) atribuídos ou não aos membros de determinada família, classe social e ao momento cultural. A sua eficácia não é independente de tais fatores, uma vez que a família é, ao mesmo tempo, o veículo de transmissão dos sistemas simbólicos dominantes e a expressão, em sua organização, do funcionamento de uma classe social, grupo étnico e religioso em que está inserida. Com estes elementos, pode-se considerar a adolescência como a operação que expõe a cena social presente na base da cena familiar, até então encarregada das operações referentes às funções materna e paterna para a constituição subjetiva"[101].

Para a autora, é na adolescência que se processa um novo sentido de estar no mundo. O resgate dos conflitos infantis agora está acrescido de uma necessidade de pertinência e participação no grupo social, numa inserção social e cultural mais abrangente.

Anna Freud confirma a hipótese de Freud em *Três Ensaios sobre a Teoria Sexual* (1905), reconhecendo que "os passos cruciais do desenvolvimento" estariam nas fases pré-genitais, ou seja, desde o período inicial do desenvolvimento psicossexual: *a puberdade é meramente uma das fases do desenvolvimento da vida humana*[102]. Partindo dos pressupostos freudianos de que as pulsões sexuais estariam presentes desde a infância e se manifestam associadas às funções reprodutoras a partir da puberdade, fica justificada também por Anna Freud a idéia de "tempestade e tormenta", característica da adolescência:

---
[101] DEBIEUX ROSA, M., *op.cit.*, p. 06.
[102] FREUD, A., *The Ego and The Mecanisms of Defense*, New York, 1966, pp. 137-138.

"Os adolescentes são egocêntricos e materialistas e, ao mesmo tempo, cheios de idéias elevadas. Eles são ascéticos, mas subitamente mergulharão numa indulgência instintiva, digna de mentalidades primitivas. Às vezes, seu comportamento para com outras pessoas é grosseiro e sem consideração, ainda que eles mesmos sejam extremamente sensíveis. Seus temores oscilam do otimismo esfuziante ao pessimismo negro. Às vezes eles trabalham com um entusiasmo infatigável e outras, são preguiçosos e apáticos" (Anna Freud,1936)[103].

Anna Freud criou uma analogia entre o desenvolvimento psicossexual e a "tormenta" vivenciada na adolescência. Associa conflitos orais da primeira infância à oscilação entre dependência intensa e individualidade exagerada; desproteção e desejos de segurança surgem, às vezes, ao mesmo tempo no comportamento do adolescente. Experiências da fase anal fazem-no sentir-se sujo ou com atitudes de excessivo asseio; conflitos edípicos levam à intensa curiosidade sobre as questões do sexo, mas ainda podem trazer excessivo pudor e constrangimento.A grande questão do jovem é como relacionar o lado instintivo da natureza humana com o resto da vida, como decidir entre pôr em prática os impulsos sexuais ou renunciar a eles, entre liberdade e restrição ou revolta e submissão diante da autoridade. É como se o jovem tentasse transformar sua própria luta interna na forma de um argumento abstrato, na busca de uma distância de questões conflitivas. No caso, por exemplo, em vez de enfrentar seus já antigos sentimentos de hostilidade com o pai, tenta denunciar publicamente a "tirania das autoridades"[104].

A autora apresenta então três principais mecanismos de defesa psicológicos, como tentativas de organização deste "turbilhão" emocional:

Ascetismo: auto-recusa e defesa de uma austeridade quase monástica que, segundo a autora, pode surgir mais por medo da

---

[103] FREUD, A., *op.cit.* p. 139.
[104] FREUD, A., *op.cit.* pp. 140-141.

quantidade do que da qualidade de seus instintos. Criam assim, a si próprios, as mais severas restrições. Este mecanismo justifica as tendências de muitos jovens ao isolamento social e a uma espécie de renúncia aos assuntos ligados ao prazer ou à sexualidade em geral. Vários exemplos podem ilustrar esta dinâmica: perda da vaidade, excesso de autocrítica, recusa à exposição do próprio corpo, resistência ao banho, perda do sono x excesso de sono, atitudes anti-sociais, etc.

Intelectualização: Visível aumento da capacidade de raciocínio como um novo meio de controlar os impulsos. Surge uma espécie de amplitude e fluxo do pensamento, agora mais crítico e reflexivo. Para Anna Freud, o fato de os adolescentes, em geral, parecerem mais inteligentes do que as crianças deve-se à inundação da libido característica da puberdade.

O amor adolescente – uma nova forma de identificação: Paralelo ao afastamento dos pais, possivelmente em decorrência da ameaça edípica, o adolescente tentará preencher este "vazio emocional" por meio das amizades, das ligações apaixonadas, do amor aos ídolos e heróis em busca de novas representações:

> "Estes amores esvanecentes e apaixonados não são realmente relações objetais, no sentido em que nós usamos o termo quando falamos de adultos. Elas são identificações do tipo mais primitivo, como aquelas que encontramos em nosso estudo do desenvolvimento infantil inicial, antes que exista qualquer objeto de amor. Portanto, a volubilidade característica da puberdade não é indício de qualquer mudança no amor ou nas convicções do indivíduo, mas sim uma perda da personalidade, em conseqüência de uma mudança na identificação" (1936)[105].

Para Anna Freud, embora o período da adolescência tenha importância secundária, em relação à infância, representa uma tentativa

---

[105] FREUD, A., *op. cit.*, pp.154-169.

de ajustar esta estrutura de caráter às demandas mais complexas da sexualidade adulta, para além de ser um simples reflexo dos conflitos infantis. A Psicanálise de M. Klein[106] observa a adolescência e seu funcionamento psíquico a partir das manifestações pulsionais. Peter Blos aponta que, neste período, estas chegam mais próximas ao consciente, especialmente as da primeira infância, que resgatam angústias e temores ligados ao modo de resolução edípica. A relação de dependência vive, ao mesmo tempo, verdadeiro combate nesta transição para a conquista da nova identidade, de um novo espaço social. Esta turbulência também se agrava com o luto pela perda do corpo e da relação familiar característicos na infância. Esta agitação traz notável vulnerabilidade emocional. O processo é pendular, com movimentos alternados de regressão e progressão[107].

Algumas condições poderão favorecer este processo. Carvajal (1996)[108] considera a presença do pai como fundamental nesta fase, contribuindo, assim, como uma espécie de guia ou referencial possibilitando o processo de identificação. Na adolescência surge o abandono das identificações infantis; novas identificações projetivas e introjetivas surgem intensamente. Resultante da interação de todas estas mudanças surge pouca capacidade de discriminação, na qual se mesclam fantasias infantis e adultas. Há, portanto, uma espécie de estranhamento diante desta nova realidade que se apresenta; uma importante reestruturação psíquica nesta fase. O adolescente busca o conforto da gratificação da pulsão e do ego, mas teme o novo envolvimento em relações objetais infantis.

Paradoxalmente, apenas por meio da regressão da pulsão e do ego, a tarefa da adolescência poderá ser completada. Os resíduos do trauma infantil, conflito e fixação podem ser modificados, por meio

---

[106] KLEIN, M. , *Notas sobre alguns mecanismos esquizóides* (1946), in Progressos da Psicanálise, Ed. Jorge Zahar, RJ, 1978, p. 317.
[107] BLOS, P. , *Transição Adolescente,* Ed. Artes Médicas, Porto Alegre, 1996, pp. 98-100.
[108] CARVAJAL, G. , *Tornar-se adolescente: a aventura de uma metamorfose,* Ed. Cortez, SP, 1996, pp. 95-96.

dos aspectos regressivos que podem ser revividos na adolescência. A regressão normativa do adolescente opera, nesta fase, a serviço do desenvolvimento.

O meio também possibilita o intercâmbio entre os diversos estímulos, auxiliando a organização do caos emocional. A convivência em grupo surge, numa tentativa de buscar identificações, permitindo uma experimentação interacional como uma atitude de rompimento das dependências infantis. Além disso, o grupo pode facilitar a identidade social, pessoal e sexual como adulto. Há uma tensão dialética entre primitivização e diferenciação, entre posições regressivas e progressivas[109]. Cada uma, porém, torna a outra trabalhável e possível. A passagem do universo infantil ao adulto já esteve demarcada por rituais de passagem bem definidos, dos quais há de se considerar que o modelo patriarcal de família exigiu do jovem sua inserção no mundo adulto por meio também do mercado de trabalho.

Historicamente, Arminda Aberastury, psicanalista argentina, apresentou importantes trabalhos sobre a psicanálise e o contexto social, bem como foi a primeira autora a reconhecer o conflito presente nos pais, diante da transição adolescente. Em seu artigo sobre adolescência e liberdade[110], define a adolescência como a etapa decisiva de um processo de desprendimento que começou com o nascimento:

> "As mudanças psicológicas que se produzem neste período, advindas das mudanças corporais, levam a uma nova relação com os pais e com o mundo. Isto só é possível quando se elabora, lenta e dolorosamente, o luto pelo corpo de criança, pela identidade infantil e pela relação com os pais da infância"[111].

---

[109] BLOS, P., *op. cit.*, p. 114.

[110] ABERASTURY, A.; KNOBEL, M., *Adolescência Normal,* Ed. Artes Médicas, Porto Alegre, pp. 15-16.

[111] ABERASTURY, A.; KNOBEL, M., *op. cit.*, p. 13.

Seu comportamento poderá ser confundido com um quadro patológico, por manifestar atitudes e idéias contraditórias, confusas, ambivalentes, dolorosas e atritivas, especialmente com o meio familiar e social. Há, portanto, uma multiplicidade de identificações contemporâneas e contraditórias; por esta razão, o adolescente se apresenta como diferentes personagens, numa combinação instável de vários corpos e identidades. Fica inevitável, para esta conquista, a vivência de diversas separações, das quais as mais dolorosas, segundo a autora, decorrem da separação do meio familiar e da perda do corpo infantil. É como se a conquista deste novo lugar no mundo dependesse também da conquista de *um novo lugar de si mesmo no seu corpo e no mundo*[112].

Seguindo os princípios já apresentados por Freud, reconhece esta problemática com seu início nas mudanças biológicas e físicas, seguidas das conseqüentes mudanças psicológicas. Por esta razão, o adolescente acaba por sofrer e provocar uma verdadeira revolução, até mesmo em seu meio social e familiar, criando um problema de gerações nem sempre bem resolvido. Neste sentido, também há um luto vivido pelos pais, em virtude da perda do corpo e da dependência infantil do filho pequeno. Para Aberastury, também os pais têm de lidar com o árduo trabalho de se desprender do filho criança e evoluir para uma relação com o filho adulto, o que impõe muitas renúncias. Isto também traz confrontos com o envelhecimento e a morte, já que o despertar para a juventude dos filhos coincide e muitas vezes se confronta com uma fase de envelhecimento dos pais. Isto pode sofrer também a não menos dolorosa colaboração da experiência de afastamento de casa, como também do abandono da imagem heróica idealizada pelos filhos.

O ônus pela conquista da independência traz uma relação familiar carregada de ambivalências e críticas dos filhos em relação aos seus pais. A turbulência, porém, poderá ser proporcional à força criativa destes jovens. Com maior visibilidade, o desprezo que o

---

[112] *Op. cit.*, p. 15.

adolescente mostra diante do adulto é, em parte, uma defesa para eludir a depressão que lhe impõe o desprendimento de suas partes infantis, mas é também um juízo de valor que deve ser respeitado. Este processo traz, por um lado, luta pela autonomia e independência *versus* profundos sentimentos de desamparo.

Numa interpretação mais ampla, a autora acredita que os desejos imperiosos de reformas sociais, presentes nos jovens, possam partir da necessidade de controle sobre as mudanças internas, como se a realização exterior lhes garantisse mais estabilidade diante das incontroláveis transformações interiores. Sua inserção no mundo social do adulto é que vai definindo sua personalidade e sua ideologia.

Daí a importância de se refletir sobre a influência do meio na composição do processo adolescente. Aberastury considera que as contradições ideológicas e os conflitos familiares podem dificultar, e muito, nesta dinâmica. Acredita que talvez grande parte desta dor poderia ser suavizada se as estruturas familiares e sociais fossem outras:

> "Além disso, devemos aceitar que a perda do vínculo do pai com o filho infantil, da identidade do adulto frente à identidade da criança defrontam-no com uma luta similar às lutas criadas pelas diferenças de classe; como nelas, os fatores econômicos têm um papel importante; os pais costumam usar a dependência econômica como poder sobre o filho, o que cria um abismo e um ressentimento social entre as duas gerações. O adulto se agarra a seu mundo de valores que, com triste freqüência, é o produto de um fracasso interno e de um refúgio em conquistas típicas de nossa sociedade alienada. O adolescente defende seus valores e despreza os que o adulto quer lhe impor; ainda mais, sente-os como uma armadilha da qual precisa escapar"[113].

---
[113] *Op. cit.*, p. 17.

Há nesta fase, portanto, uma substituição das figuras paternas por novos guias ou líderes, referências na tentativa de perseguir seus próprios ideais, ainda que muito incipientes. É importante que os pais *saibam* destas necessidades de autonomia e liberdade, apesar da dependência afetiva que persiste ao mesmo tempo. É preciso dar liberdade, mas sem *abandoná-los*, já que a retaguarda afetiva permanente fortalece e encoraja o jovem neste espinhoso caminho para o mundo adulto.

Impossível para a autora pensar a transição adolescente sem considerá-la no contexto familiar, cultural, social e histórico a que está inserido[114].

Maurício Knobel, parceiro intelectual de Aberastury, desenvolveu, entre outras reflexões, um importante trabalho sobre o normal e o patológico na adolescência. Para além das questões socioculturais, o autor reconhece como problema básico fundamental a *circunstância evolutiva* que significa esta fase, com toda sua bagagem biológica individualizante. Para ele, estudar a adolescência apenas como característica social significa observar a questão de forma puramente abstrata e parcial. Apenas a exteriorização do fenômeno se apresentaria, em seu ponto de vista, dentro do marco cultural e histórico no qual se desenvolve. Este processo advém, portanto, de uma história que diz respeito ao desenvolvimento humano e tem sua expressão circunstancial no contexto histórico-social e geográfico. É o embasamento psicobiológico que dá características universais à transição adolescente:

> "Pretender que o redespertar da sexualidade no nível da maturidade genital não é um fenômeno básico da adolescência em nosso meio, seria como pretender que o próprio processo da civilização não acontece na realidade e que toda a circunstância socioeconômica de desenvolvimento não sucedeu e que a civilização não aconteceu como um fenômeno que incide

---
[114] *Op. cit.*, p. 22.

diretamente sobre a personalidade. Seria também pretender que não há uma sexualidade prévia e que sua personalidade é um sinônimo direto de maturidade unicamente. Segundo este critério, poder-se-ia chegar à conclusão, absurda certamente, do ponto de vista evolutivo, de que só os adultos teriam personalidade e, também por isso, só eles teriam sexualidade"[115].

Knobel acredita que, em virtude destas intensas transformações internas com reflexos importantes nas relações, surge na adolescência uma verdadeira *patologia normal*. Mais do que uma etapa estabilizada, trata-se de um processo e um desenvolvimento. Para compreendermos sua dinâmica, é preciso situar seus desvios no contexto da realidade exterior:

> "O adolescente passa por desequilíbrios e instabilidades extremas de acordo com o que conhecemos dele. Em nosso meio cultural, mostra-nos períodos de elação, introversão, alternando com audácia, timidez, descoordenação, urgência, desinteresse ou apatia, que se sucedem ou são concomitantes com conflitos afetivos, crises religiosas nas quais podem oscilar do ateísmo anárquico ao misticismo fervoroso, intelectualizações e postulações filosóficas, ascetismo, condutas sexuais dirigidas para o heteroerotismo e até para a homossexualidade *ocasional*"[116].

A este movimento, Knobel denomina *síndrome normal da adolescência*. Alguns itens poderão ilustrar as principais características da síndrome, na visão do autor: busca de si mesmo e da identidade; tendência grupal; necessidade de intelectualizar e fantasiar; crises religiosas; que podem ir desde o ateísmo mais intransigente ao misticismo mais fervoroso; deslocalização temporal, na qual o pensamento

---
[115] *Op. cit.*, p. 25.
[116] *Op. cit*., p. 28.

adquire as características do pensamento primário; evolução sexual manifesta, que vai do auto-erotismo à heterossexualidade adulta genital; atitude social reivindicatória com tendências anti ou associais de diversa intensidade; contradições sucessivas em todas as manifestações de conduta, dominada pela ação, que constitui a forma de expressão conceitual mais típica deste período da vida; uma separação progressiva dos pais; constantes flutuações do humor e do estado de ânimo.

Aberastury e Knobel concordam com a maioria dos pesquisadores do desenvolvimento humano, seja da área da psicologia, da sociologia ou da antropologia, no que diz respeito à importância dos fatores socioculturais como determinantes na fenomenologia expressiva desta idade da vida. Impossível, na opinião destes autores, desconsiderar o momento histórico-cultural em que esta fase está inserida, fundamental para se observar como este momento se apresenta. O fenômeno adolescente deve ser pensado para além dos fenômenos biológicos característicos, portanto, universais, pois transitam e refletem pelo microuniverso da relação em que investigador/investigado estarão inseridos, passando pela ideologia científica subjacente, até encontrar o amplo contexto histórico e sociocultural. Como diz Knobel:

> "O problema da adolescência deve ser tomado como um processo universal de troca, de desprendimento, mas que será influenciado por conotações externas de cada cultura, que o favorecerão ou dificultarão, segundo as circunstâncias"[117].

Conflitos intrapsíquicos formam lutas e rebeliões com o mundo externo, que, segundo o autor, torna inevitável definir o processo adolescente dentro do que considera "patologia normal".

Carvajal,[118] psicanalista colombiano, coloca o adolescer, etimologicamente, como associado ao latim *adulescens* ou *adolescens*

---
[117] *Op. cit.*, p.26.
[118] CARVAJAL, G., *Tornar-se adolescente: a aventura de uma metamorfose,* Ed. Cortez, SP, 1998, p. 21.

(homem jovem), como particípio ativo de *adolescere* (crescer). *Ado* (l) *ecer* do latim *ad* (a) e *dolescere*, de *dolere* (doer) cujo significado *seria cair enfermo ou padecer de alguma enfermidade habitual e tratando-se de afetos, paixões, vícios ou más qualidades, tê-los ou estar sujeito a eles, ou ainda, causar doença ou enfermidade.* O autor definiu a adolescência em três etapas, estabelendo uma relação direta com crises da libido, da identidade e da autoridade: A primeira etapa, chamada de puberal, é caracterizada pela introversão libidinal, com tendências ao isolamento e comportamentos regressivos; na segunda etapa, chamada nuclear, começam a onipotência grupal, o apego aos modismos e a uma experiência de *self* compartilhada. É a etapa das rebeliões, das gangues e da ruptura normativa "antiadulto". Na etapa juvenil, surge mais definidamente a heterossexualidade com a escolha do parceiro sexual, a independência, a intimidade e há uma reconciliação com os pais[119].

Rodolfo Ruffino (1993), no artigo *Sobre o lugar da adolescência na teoria do sujeito,* coloca a adolescência constituída como necessária na subjetividade contemporânea, tornando-se *elemento fundamental da estrutura subjetiva do homem para que este possa se fazer adulto*[120].

Para além das teorias organicistas ou sociogênicas puras, Ruffino considera, antropologicamente, o fenômeno da adolescência inserido no contexto civilizatório, no qual a transição da infância do púbere à condição de jovem adulto é gradual e facilitada por práticas societárias encontradas nas sociedades tradicionais:

> "A adolescência é uma instituição historicamente determinada, um fenômeno da modernidade, que atinge o jovem do Ocidente por ocasião da eclosão da puberdade, quando, por falta de dispositivos gerais presentes nas organizações societárias pré-modernas ou não ocidentais, a passagem da

---

[119] *Op. cit.*, p. 69.
[120] RUFFINO, R., *Sobre o lugar da Adolescência na teoria do sujeito, in* Adolescência, Abordagem Psicanalítica, Clara Regina Rappaport (org.), Ed. E.P.U., SP, 1993, p. 30.

criança ao jovem adulto se tornou problemática. A adolescência, longe de ser puramente biológica ou social, é antes o produto do impacto pubertário e a intensificação de exigências sociais sobre o jovem em vias de deixar a infância, sob certas condições de cultura que caracterizam a civilização ocidental hoje e a partir do estabelecimento de certas alterações na história dessa civilização que especificam a modernidade"[121].

Ruffino entende a modernidade como resultante da produção massiva de efeitos universalizantes e cosmopolitas sobre o modo de vida dos maiores centros urbanos sob seu domínio, em detrimento dos vínculos comunitários que uniam cada grupo social às suas origens históricas e culturais. Este processo surge em conseqüência do desaparecimento da vida social e de práticas comunitárias, como, por exemplo, dos ritos tradicionais das sociedades pré-modernas. Tais cerimônias facilitavam a conversão da real e concreta modificação biológica e corporal, presente na puberdade, em significante constituinte para o sujeito de sua subjetividade adulta. A ausência dos rituais de passagem deixa um vazio e acaba por produzir no jovem sensações de estranhamento diante deste evento não-simbolizado. O *adolescer* seria, então, uma resposta a este apelo corporal e social, ainda não simbolizado.

O tempo cronológico de duração do processo dependerá do tempo necessário para que, num trabalho íntimo, seja possível realizar aquilo que o ritual tradicional de forma eficaz e rápida deu conta na pré-modernidade.

Ruffino retoma o significado etimológico da palavra *adolescer*, que provém do latim, sinônimo de crescer. Por esta lógica, poderia ser compreendida esta fase como um segundo crescimento, resultado de um vazio social que se dá entre a criança e o adulto da modernidade. Sua principal tarefa é, fundamentalmente, um trabalho de luto:

---
[121] *Op. cit.*, pp. 36-37.

"Enquanto trabalho de luto, a adolescência se estabelece no sujeito como a operação que visará transformar o próprio sujeito, de modo a torná-lo capaz de constituir, para si, os dispositivos simbólicos eficazes para construir um significante lá onde houve um brutal encontro com o real. Quando isto ocorre, o sujeito terá logrado constituir em seu psiquismo aquilo que ficou perdido no contexto das práticas sociais"[122].

Quando esta tarefa não for adequadamente cumprida, a alternativa ao luto será a melancolia, sendo deflagrada mesmo quando não houver estruturas que definam caráter melancólico. Alguém, segundo o autor, poderá adolescer melancolicamente sem ser um melancólico. O real, seguindo as idéias de Freud em *Luto e Melancolia* (1916), seria o evento traumático, sendo o processo adolescente, então, sintoma que denuncia o funcionamento do sujeito. Lidar com este real exige um trabalho psíquico necessário para a simbolização do real.

O autor, seguindo este raciocínio, define a adolescência, antes de tudo, como *uma operação psíquica*, para além do estabelecido cronologicamente.

A adolescência poderá ser considerada o fim desta operação, seguindo três exigências que se põem ao humano quando ele abandona a infância e as quais ele só responderá inteiramente quando adulto, segundo o texto de Ruffino, *Adolescência: notas em torno de um Impasse*[123]. Seria um reposicionamento do sujeito diante de três anseios: o de sua relação com o outro sexo, o de sua relação com a ordem de filiação e quanto às conseqüências de seus atos concretos.

A proposta de Ruffino é referendada por Tiago Corbisier Matheus em sua dissertação de mestrado intitulada "Ideais da adolescência (falta de perspectivas na virada do século)", tendo-se em conta o corpo social como a referência disponível na busca de novos significantes para os elementos estranhos com os quais se depara:

---

[122] *Op. cit.*, p. 47.
[123] RUFFINO, R., *Adolescência: notas em torno de um impasse, in* Revista da Associação Psicanalítica de Porto Alegre, Ed. Artes e Ofícios, ano V, nº 11, Porto Alegre, 1995, p. 41.

"É aí que os ideais culturais, mais ou menos compartilhados por distintos grupos sociais se mostram como pontos de referência imprescindíveis ao adolescente, tanto para a constituição de sua interioridade, quanto para viabilizar sua pertinência às massas que lhe possam atribuir novos traços identificatórios"[124].

Assim como outros autores, Contardo Calligaris vê a adolescência como um período de moratória. Valores sociais básicos são transmitidos, mas há um tempo de suspensão entre a chegada de maturação dos corpos e a autorização para realizar ditos valores. Esta autorização é prorrogada. Apesar de instruído a assimilar os valores da comunidade e apesar de seu corpo e espírito estarem prontos para a competição, este jovem ainda não está reconhecido como adulto. Esta suspensão é considerada por vários autores, mas as manifestações dos conflitos nos jovens da atualidade parecem ainda não contempladas neste referencial.

Segundo vários autores ligados não só à Psicologia, mas também à Sociologia, Antropologia e História, o fenômeno da adolescência é visto como recente, fruto da modernidade. Parecem ainda pouco unânimes e até polêmicas as discussões sobre o término deste processo. Definir o fenômeno, pensando suas características não garante, porém, conhecer com clareza o seu fim. Calligaris (2000), em tom irônico, indica que, para se saber direito o que é preciso para que um adolescente se torne adulto, é preciso saber direito o que é um homem ou uma mulher[125].

Sobre o final da adolescência

Ainda está difícil uma avaliação mais apurada sobre o fim da adolescência. Autores tradicionais como Erikson (1968) definem

---
[124] MATHEUS, T. C., *Ideais da Adolescência,* Ed. Annablume, SP, 2002, p. 110.
[125] CALLIGARIS, C., *Adolescência,* Série Folha Explica, Publifolha, SP, 2000, p. 21.

identidade a partir do modelo desenvolvimentista. Sua definição, porém, é ampla: quando os sistemas biológico, social e individual coordenam-se adequadamente, o resultado será uma pessoa a quem chama de sadia, ou seja, uma pessoa que domina ativamente seu ambiente, mostra uma certa unidade da personalidade e é capaz de perceber corretamente o mundo e a si mesma. Este sentido de identidade deveria emergir, para o autor, no fim da adolescência:

> "O processo da adolescência só estará inteiramente concluído quando o indivíduo subordina as suas identificações infantis a uma nova espécie de identificação, alcançada com o desenvolvimento da sociabilidade e com a aprendizagem competitiva com e entre os companheiros da sua idade. Essas novas identificações já não se caracterizam pela natureza lúdica da infância, nem pelo ímpeto de experimentações da juventude: com uma urgência avassaladora, elas forçam o jovem a optar e tomar decisões que com um imediatismo crescente levá-lo-ão a compromissos para toda a vida. A tarefa a ser desempenhada neste momento é formidável. Ela requer, considerando as diferenças individuais e sociais, grandes variações na duração, intensidade e ritualização na adolescência"[126].

Mas como entender esta "resolução" considerando as instabilidades internas vividas pelo adolescente, bem como a complexidade do mundo contemporâneo?

A transição, segundo Blos[127], refere-se às mudanças estruturais que acompanham o desligamento emocional de objetos infantis. O fim da adolescência anuncia como devem surgir as novas identificações nesta fase, em decorrência desta dinâmica. Sem um desligamento bem-sucedido, a descoberta de novos objetos extrafamiliares nesta fase torna-se retardada, impedida ou fica restrita à simples reprodução de modelos infantis:

---

[126] ERIKSON, E., *Identity, Youth and Crisis,* New York, Norton, 1968, p. 155.
[127] BLOS, P., *Transição Adolescente,* Ed. Artes Médicas, Porto Alegre, 1996, p. 99.

"O desligamento de objetos infantis acompanha sempre o amadurecimento do ego. O oposto também é verdadeiro, ou seja, a inadequação do adolescente ou o prejuízo das funções do ego são sintomáticos das fixações pulsionais e dependência de objetos infantis.

As crescentes alterações do ego que ocorrem paralelas à progressão pulsional, em cada fase da adolescência resultam numa inovação da estrutura, resultado final da segunda individuação.

Neste caso, o término da adolescência não estaria, necessariamente, vinculado a faixas etárias, mas ao processo psíquico acima apresentado. A individuação[128] implica na capacidade de o jovem assumir cada vez mais responsabilidades sobre o que faz e pelo que é. Este processo é lento e (como já foi dito) pendular, num movimento de progressão e regressão constantes.

Os rituais de iniciação, presentes em outras culturas, eventualmente acompanhados de algumas provas, por mais duros que se apresentem, seriam mais suportáveis do que a indefinida moratória moderna, diz Calligaris (2000). Em seu trabalho sobre a adolescência[129], pensa que mesmo numa hipotética tribo amazônica, os anciões estabeleceriam um rito de passagem numa prova designada, portadora da definição do que significa ser homem ou mulher naquela determinada tribo, em lugar de deixar por tempo indeterminado a solução deste caso. A definição de homem e mulher na cultura ocidental de nossos dias está em aberto. O autor coloca que ser adulto, por exemplo, seria quem consegue ser desejável e invejável. As provas necessárias para o adolescente merecer tornar-se adulto também ficam em aberto. Até a própria moratória da adolescência é fruto desta indefinição: *Só sobram então a espera, a procrastinação e o enigma, que confrontam o adolescente – este condenado a uma moratória forçada de sua vida com uma insegurança radical em que se*

---

[128] Conceito desenvolvido pelo autor, conforme texto apresentado.
[129] CALLIGARIS, C., *Adolescência*, Publifolha, SP, 2000, p. 19.

agitam outras questões[130]. O critério simples da maturação físico-biológica, neste caso, fica descartado e o enigma permanece. Seria a adolescência hoje um processo interminável?

Como fenômeno que sofre intensamente as interferências socioculturais, observamos esta fase articulada diretamente aos processos grupais. Surge o interesse em pesquisar os processos de identificação, que em Freud contribuem na formação da identidade, bem como considera a interface individual, social e grupal como bases para a organização psíquica.

A transição adolescente, o grupo social e os processos de identificação em Freud

O processo de identificação, na visão psicanalítica, funda a constituição do psiquismo, permitindo não só a formação da identidade, a organização estrutural da personalidade e a interlocução indivíduo, família e sociedade. Considerar o processo adolescente como a experiência emocional que mobiliza o resgate de conflitos e angústias da infância, num contraponto com novas necessidades sociais de interação e inserção social, conduz a refletir sobre o processo de identificação, a partir das idéias de Freud. Esta concepção traz subsídios à compreensão sobre os processos de identificação no contexto globalizado/capitalista destes tempos e as configurações da adolescência neste modelo social. Presente nas principais obras de Freud, o estudo deste conceito se faz fundamental. Torna-se possível a interlocução entre o social e o individual na constituição do psiquismo e na formação da identidade. Na interface com a formação do supereu e do ideal de eu, bem como nas questões ligadas ao narcisismo, para além da conotação individual, contribui também na formação das ideologias, na escolha de modelos, lideranças e ideais. O levantamento cronológico possibilitará observar o desenvolvimento do conceito.

---

[130] *Op. cit.*, p. 21.

Para Freud (1900) o conceito de identificação, mais do que um mecanismo psicológico entre outros, é uma operação pela qual o indivíduo se constitui. Trata-se de um conceito presente, mesmo implicitamente, durante todo o desenvolvimento do trabalho de Freud. Estas considerações partem, principalmente, da colocação em primeiro plano do Complexo de Édipo nos seus efeitos estruturais, como também da remodelação introduzida pela segunda teoria do aparelho psíquico, nas quais as instâncias que se diferenciam a partir do *id* são especificadas pelas identificações de que derivam. Desde seus primeiros trabalhos, Freud apresenta o processo de identificação presente no psiquismo, até mesmo na dinâmica dos sonhos. *A identificação não é simples imitação, mas **apropriação**[131], baseada na pretensão a uma etiologia comum; ela exprime um **tudo como se** e está relacionada a um elemento comum que permanece no inconsciente*[132]. Neste trabalho, Freud reconhece o valor simbólico nos sonhos e atribui seus elementos como espécie de substitutos, que camuflam emoções e conflitos presentes de forma inconsciente no sonhador. Nos sintomas histéricos, por exemplo, surge a identificação como um dos mecanismos que os indivíduos utilizam para manifestar seus sintomas. Como ato de imitação, as histéricas, neste processo de identificação, quase sempre expressam questões sexuais[133]. Possíveis personagens presentes nos sonhos das histéricas vêm carregados deste conteúdo.

A partir dos mecanismos de condensação e deslocamento, Freud explica o funcionamento dos sonhos e usa identificação quando imagens de pessoas neles se fazem presentes. Explica também formações mistas de pessoas que surgem nas imagens oníricas, apresentando características de várias pessoas concentradas, simbolicamente numa só:

"A identificação ou a formação de pessoas mistas serve, portanto, nos sonhos para diversos fins: 1. Para representar uma

---
[131] Grifo do autor.
[132] FREUD, S. (1900), *A interpretação dos sonhos*, Ed. Nueva, Madrid, 1981, Vol. I, p. 439.
[133] *Op. cit.*, pp. 438-439.

comunidade. 2. Para representar uma comunidade deslocada. 3. Para expressar uma comunidade simplesmente desejada, posto que o desejo de que entre duas pessoas exista ou esteja estabelecida uma comunidade coincide freqüentemente com um intercâmbio entre as mesmas, é expressado também no sonho tal desejo por meio da identificação"(...) "Sem exceção alguma, pude comprovar que em todo o sonho intervém a própria pessoa do sujeito. Os sonhos são absolutamente egoístas. Quando no conteúdo manifesto não aparece nosso Eu e, sim, unicamente uma pessoa estranha, podemos aceitar, sem titubear, que ele está oculto por identificação atrás da referida pessoa e temo de agregá-lo ao sonho. Outras vezes em que nosso Eu aparece no conteúdo manifesto, a situação em que se nos mostra incluído indica-nos que atrás dele se esconde por identificação outra pessoa. Com isto, o sonho nos mostra que na interpretação deveremos transferir a nós algo referente a essa outra pessoa e que nos é comum com ela"[134].

Tornam-se possíveis, também, sonhos em que o nosso Eu aparece entre outras pessoas, às quais revelam ser, por identificação, outras tantas representações do sonhador. A interpretação neste caso exige que se integre ao Eu, deduzindo tais identificações, como determinadas representações vetadas pela censura.

O processo de identificação nos processos oníricos fica, portanto, como já foi dito, diretamente vinculado aos mecanismos de condensação e deslocamento.

Outras contribuições de Freud dizem sobre a noção de incorporação oral, isolada nos anos 1912/15 em *Totem e Tabu* e *Luto e Melancolia*. O parricídio, em *Totem e Tabu*[135], abriga um desejo de que os filhos cheguem a ser iguais ao pai morto. No sacrifício perdura igualmente a culpa, apaziguada pela solidariedade de todos os par-

---
[134] *Op.cit.*, p. 542.
[135] FREUD, S. (1912), *Totem e Tabu,* Ed. Nueva, Madrid, 1981, Vol. II, p. 1.842.

ticipantes. Um novo elemento, a divindade do clã, faz parte do ritual e da comida, assim como todos os membros da tribo, que se identificam com ela pela absorção da carne do animal sacrificado. A divinização do objeto totêmico, assim como a idéia de Deus presente nas religiões, alivia a culpa relacionada aos sentimentos hostis contra o pai primitivo. O processo civilizatório trouxe, aos poucos, uma tendência a se elevar à categoria de divindade o pai antigamente fruto de desejos assassinos, numa tentativa de expiação. Com o tempo, a sociedade patriarcal e o papel do pai retomam-se, o animal perde seu caráter sagrado, desaparecem o sacrifício e a festa totêmica, convertendo-se os rituais a um Deus que agora aparece acima dos homens, um Deus invisível mediado por seus sacerdotes. Heróis e deuses e o Deus onipotente das religiões cristãs traz em comum o mesmo sistema de funcionamento, o que leva Freud a deduzir como resultado que no Complexo de Édipo coincidem o início da religião, da moral, da sociedade e da arte, constituindo, por meio desta análise, este complexo como nódulo de todas as neuroses. A vida psíquica dos povos parte, segundo o texto, de uma atitude concreta ligada à figura do pai:

> "Portanto, os simples impulsos hostis contra o pai e a existência da fantasia em matá-lo e devorá-lo bastaram para provocar a reação moral que criou o totemismo e o tabu. Deste modo, evitaríamos a necessidade de fazer remontar o começo de nossa civilização, que tanto orgulho nos inspira, a um horrível crime, contrário a nossos sentimentos"[136].

Reconhecendo seus limites, Freud alega que a distância entre os povos primitivos e os neuróticos está no ato concreto daqueles, enquanto o neurótico vê sua ação inibida e substituída pelo pensamento: *No princípio era a ação*[137]. Embora alguns autores contemporâneos da psicanálise, da história e da antropologia questionem este trabalho de

---

[136] FREUD, S. (1912), *op. cit.*, p. 1.849.

[137] *Op. cit.*, p. 1.850, Freud, parafraseando o escritor alemão Goethe.

Freud quanto à sua coerência factual, trata-se de uma reflexão sobre mecanismos psíquicos primitivos que permitem analogia e que podem servir como referência para uma compreensão mais abrangente sobre processos psíquicos primitivos, tais como a oralidade, a identificação, repressão e interdição, como também sobre o processo civilizatório, suas restrições, possibilidades e conflitos.

Esta idéia de identificação está associada ao conceito de Narcisismo, apresentado formalmente em 1914 em *Introdução ao Narcisismo: O termo foi descrito em 1899 por P. Nacke*[138] *para designar os casos em que o indivíduo toma como objeto sexual o seu próprio corpo e o contempla com prazer, acaricia-o e beija-o até chegar à completa satisfação*[139]. Após algumas importantes considerações, Freud vê o narcisismo não necessariamente como uma perversão, mas *como o complemento libidinoso do egoísmo do instinto de conservação, egoísmo que atribuímos justificadamente a todo ser vivo*. Observando a esquizofrenia, Freud considera o narcisismo como *a libido subtraída do mundo exterior que foi conduzida ao ego. Existiria, então, uma carga libidinosa primitiva do ego, da qual partem magnitudes de libido destinadas aos objetos, mas que no fundo continua subsistindo no* ego[140].

É possível observar na esquizofrenia traços como a mania de grandeza e a chamada onipotência das idéias, características também observadas nos povos primitivos e nas crianças. A vida psíquica infantil, mesmo nos dias de hoje, vem carregada de pensamento mágico, numa conduta de superestima do poder de seus desejos e atos contra o mundo exterior.

Há, neste caso, uma libido do Eu e outra, investida aos objetos. A escolha do objeto sexual depende deste movimento de libido[141].

---

[138] Em 1905, no texto *Três Ensaios para uma Teoria Sexual*, Freud comenta que o termo "narcisismo" foi primeiramente usado em 1898 por H. Ellis.

[139] FREUD, S., (1914) *Introdução do Narcisismo*, Ed. Nueva, Madrid, 1981, Vol. II, p. 2.017.

[140] FREUD, S. (1914), *op.cit.*, p. 2.018.

[141] Em nota de rodapé da publicação, cita-se que, durante reunião na Sociedade Psicanalítica de Viena, Freud, em 1909, colocou que o narcisismo seria uma etapa necessária entre o autoerotismo e o amor objetal. (*Op. cit.*, p.2.019).

Esta conceituação está associada ao que, na época, Freud indicava como bases instintivas às pulsões sexuais e pulsões de ego, conceito introduzido em *Três ensaios para uma Teoria Sexual (1905)*[142].

Neste trabalho, Freud apresenta a idéia de narcisismo primário, que supõe um momento auto-erótico e inacessível. O narcisismo gera um ideal de perfeição que perdura até a fase adulta formando o chamado Eu ideal, conceito apresentado neste trabalho por Freud, reconhecido como herdeiro do narcisismo, constituído a partir das experiências infantis. Trata-se de uma espécie de manutenção dos ideais de perfeição infantis e, ao mesmo tempo, a substituição do narcisismo onipotente[143]. A idealização, portanto, é um mecanismo psíquico presente nos adultos, remanescente do narcisismo infantil. Este conceito, ao longo do trabalho de Freud, foi gradativamente revisto, mas sem nunca estar desarticulado do narcisismo[144].

Num contraponto, Freud traz o conceito de Ideal de Eu, instância psíquica que permite a compreensão da psicologia coletiva. Há nesta dinâmica um componente individual e social, posto que o Ideal de Eu compreende o ideal comum de uma família, de uma classe ou de uma nação[145].

Embora não trate diretamente sobre a questão da identificação, Freud deixa circunscrita a importância das relações de objeto e dos modelos para a constituição do psiquismo, do sujeito e sua inserção no social.

Em *Luto e Melancolia* (1916), Freud dá continuidade às suas reflexões a respeito da identificação, associando o processo de luto e

---

[142] Em *Três Ensaios para uma Teoria Sexual* (1905), Freud apresenta o conceito de pulsão e sua dinâmica, trazendo a idéia de pulsões de ego e pulsão sexual de forma mais apurada no artigo de 1910 intitulado *As Perturbações Psicogênicas da Visão*. O conceito amplia-se perpassando por vários trabalhos em Freud, até em 1920 ser revisto em *Além do Princípio do Prazer*, com os conceitos: pulsões de vida e de morte.

[143] FREUD, S., (1914), *Introdução ao Narcisismo, op. cit.,* p. 2.028.

[144] Os conceitos de Freud sobre Ego Ideal e Narcisismo primário trazem divergências já que a idéia do indivíduo na busca incessante em reconquistar a onipotência infantil como algo associado ao narcisismo pode "forjar" um ideal narcísico que parece pouco especificado (*Vocabulário de Psicanálise,* Ed. Martins Fontes, SP, 2000, p. 139).

[145] FREUD, S., (1914), *op. cit.,* p. 2.033.

o estado melancólico a esta dinâmica. Define, assim, o luto como a reação frente à perda de um ser amado ou de uma abstração equivalente: a pátria, a liberdade, o ideal, etc. Diferencia do estado melancólico, considerado (...) *um estado de ânimo profundamente doloroso, uma cessação de interesse pelo mundo exterior, a perda da capacidade de amar, inibição das funções e diminuição do amor-próprio*[146]. A auto-reprovação constante pode levar até mesmo a uma espera delirante de castigo.

No caso do luto, embora haja resistências diante da perda de um objeto amado, espera-se que o princípio da realidade obtenha sua vitória. No caso da melancolia, há um visível empobrecimento do Eu, permanecendo indigno de estima e moralmente condenável.

A melancolia leva a uma emoção que envolve a subtração da libido do objeto e seu deslocamento, e a carga de objeto parece ter ficado abandonada; a libido livre não foi deslocada sobre outro objeto, mas retraída ao Eu, estabelecendo uma identificação do Eu com o objeto abandonado:

"A sombra do objeto recai sobre o ego, que, a partir deste instante, pode ser considerado como uma instância especial, como um objeto e, em realidade como o objeto abandonado. Desta forma, a perda do objeto se transforma em perda do Ego. O conflito entre o Eu e o objeto amado, se transforma numa dissociação entre atividade crítica do Eu e o Eu modificado pelo processo de identificação"[147].

Na adolescência, o luto pela perda do corpo e pelos pais da infância gera estados melancólicos, decorrentes da identificação com o objeto abandonado. Estas perdas podem trazem sentimentos de inadequação, com possíveis fantasias de que as transformações da puberdade *deformam* e *destroem*. O adolescente, por não se

---

[146] FREUD, S., (1915-1917), *Luto e Melancolia*, Ed. Nueva, Madrid, 1981, vol. II, p. 2.091.
[147] FREUD, S., (1915-1917), *op. cit.*, p. 2.095.

reconhecer, fica no vazio de um corpo que parece não ser seu, com desejos desconhecidos que despertam intensas vivências infantis conflitivas, num doloroso processo.

Citando Otto Rank[148], a eleição do objeto efetuou-se sobre uma base narcisista. Esta identificação narcísica com o objeto converte-se em um substitutivo da carga erótica, por conseqüência da relação erótica não poder ser abandonada, apesar do conflito com a pessoa amada. O amor ao objeto (amor este que deverá ser conservado apesar do abandono do citado objeto) chega a se refugiar na identificação narcisista. O ódio recai sobre este objeto substitutivo, caluniando-o, humilhando-o, fazendo-o sofrer e encontrando neste sofrimento uma satisfação sádica. Há uma espécie de incorporação oral canibalística com fantasias de, ao mesmo tempo, o objeto ser incorporado e devorado. Daí sintomas de inapetência estarem associados ao estado melancólico. Envolve, também, a satisfação de tendências sádicas e de ódio, orientadas para o objeto e retraídas para o Eu. Por um caminho indireto, o paciente consegue sua vingança aos objetos primitivos, bem como atormentar os que ama, por meio de sua enfermidade, para não ter de lhes mostrar sua hostilidade. Há, assim, uma ligação entre o referido sintoma e uma regressão da carga de objeto à fase oral da libido, fase esta vinculada ao narcisismo.

A carga erótica do melancólico, portanto, segue um duplo destino: uma parte dela retrocede até a identificação e a outra até a fase sádica, sob o influxo da ambivalência[149].

É esta a ambivalência de sentimentos do adolescente. Por um lado, sentimentos primitivos, ligados a hostilidades da infância, são revividos nesta fase, num movimento intenso de progressão e regressão. A dependência infantil desperta um estado melancólico, no vácuo do luto pelas perdas intensas ocorridas. Pode haver desinteresse, falta de motivação e autoconfiança, fruto deste estado

---

[148] Otto Rank foi discípulo de Freud e tem como principais obras *O Mito do Nascimento do Herói* (1909) e o *Trauma do Nascimento* (1924).
[149] FREUD, S., *op. cit.*, p. 2.095.

melancólico, na identificação com o objeto perdido e dos sentimentos hostis regressivos gerados por este processo. Em decorrência das intensas transformações biológicas de crescimento e maturação, surge a instabilidade emocional associada ao desligamento das relações objetais da infância. Blos[150] (1996) observa este processo de desligamento acompanhado pelo amadurecimento do Eu. Assim, também, o oposto é verdadeiro, ou seja, a inadequação do adolescente ou prejuízos das funções do Eu são sintomáticos das fixações pulsionais e dependências infantis.

Neste complexo caleidoscópio, a construção da identidade depende do desligamento das relações parentais infantis, e um simultâneo envolvimento com o contexto social e cultural. Os modelos identificatórios da cultura são os elementos fundamentais para este percurso.

Freud em *Psicologia das Massas* (1921)[151] desenvolve uma reflexão sobre a compreensão da dinâmica *ideal individual e coletiva* para compreender o processo de Identificação do indivíduo na cultura: *O conjunto das identificações de um indivíduo forma nada menos que um sistema relacional coerente.* O Ideal de Eu resulta de uma formação diferenciada do Eu, e o ideal coletivo retira a sua eficácia de uma convergência dos Ideais de Eu individuais*: certos indivíduos puseram um só e mesmo objeto no lugar de seu ideal do ego, em conseqüência disso, identificaram-se uns com os outros no seu eu*[152].

A essência da formação grupal consiste em novos tipos de laços libidinais entre os membros do grupo. O tema da identificação é introduzido para discutir a natureza desses laços. O "outro" está presente na constituição do sujeito, seja como um modelo, um objeto, um auxiliar ou um oponente de maneira que, desde o começo, a psicologia individual, neste sentido ampliado, porém inteiramente

---

[150] BLOS, P., *Transição Adolescente*, Ed. Artes Médicas, Porto Alegre, 1996, p. 99.
[151] FREUD, S., (1921), *Psicologia das Massas e Análise do Ego*, Ed. Nueva, Madrid, 1981, p. 2.592.
[152] *Op. cit.*, 2.592.

justificado das palavras, é, ao mesmo tempo e desde o princípio, também psicologia social (Freud, 1921)[153].

Num resgate à Teoria do Narcisismo em Freud, reafirma Debieux que:

> "O Ideal do Eu, embora fundado narcisicamente e pelo desejo do Outro (passamos aqui para concepções lacanianas), traduz-se pela possibilidade de produzir e buscar objetos fálicos e lugares que tomam a forma de ideais que orientam os laços com o Outro, os laços sociais sustentados pelo desejo e pelas identificações. Identificações, desejo e ideais articulam o sujeito ao grupo social, inserindo-o na cena social através da formação de grupos de amigos, de nova família, inserção no trabalho, em grupos religiosos... Estão aqui os temas básicos da adolescência" (Debieux, 2002)[154].

Articulando ao texto de 1921, *Psicologia das Massas*, Freud tem em vista *a descoberta da explicação psicológica dessa alteração mental que é experimentada pelo indivíduo no grupo*[155], considerando que a entrada na vida social impõe modificações ao sujeito. Neste texto é possível pensar sobre a dinâmica das multidões, reconhecendo que a multidão é extremamente influenciável e crédula, o que faz diminuir inibições individuais, com igual rebaixamento das funções intelectuais e morais[156].

No Capítulo VII sobre a Identificação, Freud (1921) trata a questão edípica como fundamental no processo de estruturação da identidade, baseando-se na identificação e suas manifestações. A identificação é conhecida na Psicanálise como a manifestação mais precoce de uma ligação afetiva a outra pessoa, e desempenha um papel importante na pré-história do Complexo de Édipo:

---

[153] FREUD, S., (1921), *op. cit.*, p. 2.591.
[154] DEBIEUX ROSA, M., *Adolescência: da cena familiar à cena social in* Revista de Psicologia, USP, SP, vol. 13, p. 08.
[155] FREUD, S., (1921), *op. cit.*, p. 2.573.
[156] *Op. cit.*, p. 2.573.

"(...) no Édipo, o menino mostra, portanto, duas ordens de ligações psicológicas diferentes. No caso do menino, por exemplo, surge uma, francamente sexual em relação à mãe e uma identificação com o pai, que passa a considerar como modelo a imitar... O menino verifica que o pai lhe fecha o caminho para a mãe e, por este motivo, sua identificação com ele adquire um colorido hostil, terminando por se fundir no desejo de substituí-lo junto à mãe. A identificação é, desde o início, ambivalente e pode concretizar-se tanto numa exteriorização carinhosa como no desejo de supressão. Comporta-se como uma ramificação da fase oral, ou seja, da organização da libido durante o qual o sujeito se incorporava ao objeto desejado e estimado comendo-o, e, ao fazê-lo, o destruía"[157].

Seguindo o exemplo do menino, podemos pensá-lo desejando *ser* o pai, ao mesmo tempo deseja *ter* a mãe. A identificação, portanto, é sempre possível antes de qualquer escolha de objeto, aspirando, assim, formar o próprio Ego analogamente ao outro, tomado como modelo.

Por exemplo, no caso Dora[158], a identificação estaria relacionada a um grupo mais complexo: Dora imita a tosse do pai; este sintoma poderia se reportar à idéia de que a identificação *ocupou* o lugar da escolha do objeto, transformando-se esta, por regressão, numa identificação. A identificação fica sendo compreendida como a forma mais precoce e primitiva de ligação afetiva. Nas condições que

---

[157] *Op. cit.*, 2.585.
[158] Em *Fragmentos da análise de um caso de Histeria* (1901-1905), Freud, estudando as causas etiológicas da histeria por meio da análise dos sonhos como via de acesso ao inconsciente, atendeu uma paciente a quem chamou de Dora, de origem judaica, virgem, aos 18 anos, portadora de acessos de tosse nervosa, enxaqueca, períodos de afonia e tendências suicidas. Numa relação edípica, envolvendo forte sedução, Freud reconhece no sintoma de Dora, especialmente na tosse, um processo de identificação inconsciente, talvez associado a fantasias sexuais orais com seu pai. É importante ressaltar que, embora Dora tivesse procurado Freud pela primeira vez aos 16 anos, seu tratamento teve início aos 18 anos.

O adolescente e o conflito de gerações na sociedade contemporânea

presidem a formação do sintoma e, portanto, a repressão, e sob o regime de mecanismos inconscientes, acontece, com freqüência, que a escolha de objeto se transforma em identificação, absorvendo o Eu as qualidades do objeto. Muitas vezes, a assimilação ocorre com características do outro, ou melhor, de aspectos parciais. Neste capítulo, o conceito pode se apresentar das seguintes maneiras, resumidamente:

1. A identificação é a forma primitiva de ligação afetiva a um objeto (Identificação primária).
2. Seguindo uma direção regressiva, converte-se em substituição de uma ligação libidinosa a um objeto, como por introjeção do objeto no Eu.
3. Poderá surgir em todos os casos em que o sujeito descobre em si um traço comum com outra pessoa que não é objeto de seus instintos sexuais. Quanto mais importantes forem os elementos comuns, mais completa e perfeita poderá chegar a ser a identificação parcial, constituindo assim o início de uma nova ligação.

Suspeita-se que a ligação recíproca dos indivíduos de uma massa é da natureza da identificação citada. Trata-se de uma ampla ligação afetiva, repousando, muitas vezes no vínculo com um líder, fruto da convergência dos Ideais de Eu individuais formando o Ideal coletivo, conforme já apresentado.

Para pensar a gênese do homossexualismo, por exemplo, Freud refere-se à puberdade como a época fundamental para a constituição da identidade:

"O jovem permaneceu fixado a sua mãe, no sentido do Complexo de Édipo, durante um período maior que o ordinário e com muita intensidade. Com a puberdade, chega o momento de trocar a mãe por outro objeto sexual, e então se produz uma súbita mudança de orientação: o jovem não renuncia à mãe, mas se identifica com ela, transforma-se nela e busca objetos suscetíveis de substituir o próprio Eu, para amá-los e cuidá-los como ele foi amado e cuidado por sua mãe"[159].

Surge, neste caso, a substituição do objeto perdido ou abandonado, pela identificação com ele, numa tentativa de preservá-lo. Neste trabalho, Freud retoma *Luto e Melancolia* (1916) e amplia sua reflexão sobre o tema, pensando no caso do melancólico com um estado de cisão, como se o Eu estivesse dividido em duas partes, uma das quais combatendo implacavelmente a outra. A parte transformada pela introjeção assimila para si o objeto perdido. Mas conhecemos também a outra parte que tão cruel se mostra, encerrando em si a consciência moral, uma instância crítica localizada no Eu. O Ideal de Eu assume as funções de auto-observação, a consciência moral, a censura onírica e a influência principal na repressão. Esta instância é a herdeira do narcisismo primitivo, da qual:

> "(...) o Eu infantil se bastava e, pouco a pouco, foi assimilando as influências do meio, as exigências que este apresentava ao Eu e que o mesmo nem sempre poderia satisfazer, de modo que quando o homem chegava a ficar descontente consigo próprio, poderia encontrar satisfação no ideal de Eu, diferenciado do Eu"[160].

Freud, no Capítulo VIII, articula e amplia o conceito de Identificação ao fenômeno de massa, atribuindo ao líder e ao ideal de ego a importância fundamental para se pensar processos psíquicos individuais e as possíveis interferências do social. Para explicar este processo, Freud relembra que, na primeira fase da vida, o primeiro objeto erótico da criança era o genitor do sexo oposto. A repressão destes impulsos leva-o à renúncia provocando, assim, com o desenvolvimento, uma profunda mudança nas relações dos

---
[159] FREUD, S., (1921), *op. cit.*, p. 2.587.
[160] FREUD, S. (1921), *op. cit.*, p. 2.588.

filhos com os pais. Pulsões sexuais transformam-se, por substituição, em atos de ternura.

Na puberdade surgem novas tendências muito intensas, orientadas para a realização sexual[161]. Aparecem neste momento o resgate das experiências conflitivas infantis, ligadas possivelmente ao desenvolvimento sexual e ou ao Édipo. Um dos recursos da psique para esta vivência seria a idealização como uma defesa que ocorre tanto no enamoramento como nos fenômenos de massa. Neste caso, o objeto ocupa o lugar do ideal do Eu. Qual seria, então, a diferença entre identificação e enamoramento?

> No primeiro caso, o Eu é enriquecido com as qualidades do objeto, introjeta-o em si mesmo (Ferenczi)[162].
> No segundo, é empobrecido, dando-se todo ao objeto e substituindo por ele seu mais importante componente. Economicamente, podemos dizer que, na identificação, o objeto desaparece ou fica abandonado, sendo reconstituído depois no Eu, que se modifica parcialmente, segundo o modelo do objeto perdido.

Sob o ponto de vista econômico, num estado amoroso extremo, pode se descrever que o Eu introjetou o objeto. No caso da identificação, o objeto desaparece ou fica abandonado, sendo reconstruído no Eu, que se modifica parcialmente, conforme o objeto perdido[163].

Na idealização o objeto subsiste, mas é dotado de todas as qualidades do Eu. Neste caso, o objeto é tratado como o próprio Eu do sujeito e que, na situação de enamoramento, passa para o objeto uma parte considerável da libido narcisista. Ama-se o objeto por causa das perfeições que se aspirou para o próprio Eu e que se deseja obter para satisfação do narcisismo.

---

[161] *Op. cit.*, p. 2.589.
[162] Sándor Ferenczi, húngaro, nascido em 1873, lançou as primeiras sementes para o desenvolvimento da *Teoria das Relações Objetais* e do conceito introjeção. Foi um dos mais importantes colaboradores de Freud.
[163] *Op. cit.*, 2.590.

A essência da situação fica na condição de que o objeto seja colocado no lugar do Eu ou no Ideal do Eu.

Neste texto, Freud também trata da hipnose, com traços que fogem à racionalidade, como se fosse um estado de enamoramento desprovido de explícita sexualidade. Este fenômeno, embora seja, reconhecidamente, um evento que mobiliza intensamente as massas, neste momento, ainda escapa de uma compreensão mais apurada.

A constituição psíquica das massas fica assim definida por Freud: *Tal massa primária é uma reunião de indivíduos que deslocaram seu Ideal de Eu num mesmo objeto, e em conseqüência se estabeleceu entre eles uma geral e recíproca identificação*[164]. Estas considerações permitem estabelecer a fórmula da constituição libidinosa de uma massa, pelo menos, daquela que possui um chefe e não adquiriu ainda, por uma organização extremamente perfeita, as qualidades de um indivíduo. Em continuidade a este pensamento, no capítulo XI deste mesmo texto, Freud trata da relação entre os fenômenos de massa e as particularidades individuais. Esta dinâmica estaria associada à renúncia do indivíduo a seu Ideal de Ego, em substituição a um Ideal de Massa, muitas vezes encarnado pelo líder[165].

Para Freud, cada indivíduo faz parte de várias massas e acha-se ligado por identificação nos mais diversos sentidos, construindo seu Ideal de Eu conforme os mais variados modelos. Participa, assim, de muitas almas coletivas, as de sua raça, sua classe social, sua comunidade confessional, seu estado, etc. Isto ocorre a partir do processo de diferenciação entre Eu e Ideal de Eu e à conseqüente dupla natureza da ligação, qual seja, identificação e substituição do ideal de Eu por um objeto externo. O líder, para ser eleito, depende desta operação psíquica.

Em *O Eu e o Id* (1923), Capítulo III, Freud retoma que, na fase primitiva do desenvolvimento, o indivíduo ainda está incapaz de diferenciar carga de objeto do processo de identificação[166]. Observa

---

[164] *Op. cit.*, p. 2.592.
[165] *Op. cit.*, p. 2.600.
[166] FREUD, S., (1923), *O Eu e o Id*, Ed. Nueva, Madrid, 1981, vol. III, p. 2.710.

novamente a dinâmica e o funcionamento dos povos primitivos que, ao alimentarem seus corpos, acreditavam também estarem "incorporando" as qualidades e atributos do animal ingerido, num interessante ritual análogo ao processo de identificação. A comida totêmica, o ritual de canibalismo e a comunhão poderiam estar relacionados a fantasias primitivas de incorporação ou posse oral do objeto.

Como já citado em *Luto e Melancolia* (1916), todo o processo de escolha e abandono do objeto modifica e reconstrói o Eu oferecendo novas identificações. Fica inegável, porém, que as primeiras identificações realizadas na mais tenra fase do desenvolvimento sejam sempre gerais e duradouras.

Isto nos leva à gênese do Ideal de Eu, porque por trás dele se oculta a primeira e mais importante identificação do indivíduo, ou seja, a identificação com a figura do genitor do sexo oposto. As escolhas de objeto, pertencentes ao primeiro período sexual e que recaem sobre a figura da mãe ou do pai, parecem ter como desenlace normal a citada identificação. *Esta dinâmica complexa depende de dois fatores: o da disposição triangular da relação de Édipo e o da bissexualidade constitucional*[167]. O caso mais simples adquire na criança a seguinte forma: o menino efetua precocemente uma carga de objeto que recai sobre a mãe e tem seu ponto de partida no seio materno. Do pai, o menino apodera-se por identificação. Ambas as relações marcham paralelamente durante algum tempo, até que, com a intensificação dos desejos sexuais orientados para a mãe, no caso do menino, e pela percepção de que o pai é um obstáculo oposto à realização dos citados desejos, surge o Complexo de Édipo. A identificação com o pai toma, então, um matiz hostil e se transforma no desejo de suprimir o pai, para substituí-lo junto à mãe. Surge uma atitude ambivalente em relação ao pai, como se a ambivalência já existente desde o princípio na identificação se manifestasse neste momento. Esta conduta – aliada à terna aspiração para a mãe – integra o conteúdo do Complexo de Édipo simples, positivo.

---

[167] *Op. cit.*, p. 2.712.

Na dissolução do Complexo de Édipo espera-se que esta carga de investimentos na mãe seja abandonada e em seu lugar surja a identificação com a mãe ou fique intensificada a identificação com o pai. Este resultado seria considerado normal, permitindo, assim, que se conserve uma relação carinhosa com a mãe. Da mesma forma, o Complexo de Édipo na menina se instaura, pela identificação com a mãe, que acaba, também, por definir o seu caráter:

> "O desenlace do Complexo de Édipo depende da identificação com o pai ou com a mãe, e, parece depender, em ambos os sexos, da energia relativa das duas disposições sexuais. Esta é uma das formas em que bissexualidade intervém nos destinos deste Complexo. Temos a impressão que o Complexo de Édipo simples não é nem de longe o mais freqüente, e, efetivamente, uma investigação mais profunda nos apresenta o Complexo de Édipo completo, isto é, um complexo duplo, positivo e negativo, depende da bissexualidade presente na infância"[168].

A solução do Complexo de Édipo afirmaria, assim, o caráter do indivíduo. Deste modo, podemos admitir como resultado geral da fase sexual, dominada pelo Complexo de Édipo, a presença no ego de um resíduo consistente no estabelecimento destas duas identificações, ligadas entre si. Esta modificação do Eu conserva seu significado especial e opõe-se ao conteúdo restante do Eu, em qualidade de Ideal de Eu e de Supereu: *O ideal de Eu é, portanto, o herdeiro do Complexo de Édipo, sendo o Supereu uma espécie de advogado do mundo interior*[169].

O Supereu e sua gênese constituem o resultado de dois importantíssimos fatores: por um lado, biológico e por outro, de natureza histórica, pois depende da longa dependência infantil do homem e

---

[168] *Op. cit.*, pp. 2.712-2.713.
[169] *Op. cit.*, 2.713.

de seu Complexo de Édipo. Os sentimentos sociais, portanto, repousam nos processos de identificação com outros indivíduos, fundados no mesmo Ideal de Eu.

A religião, a moral e o sentimento social, a arte e a ciência, conteúdos das partes mais elevadas do homem, constituíram primitivamente uma coisa unificada, ou seja, derivam-se do Complexo de Édipo e de suas características, bem como pelas identificações que o permeiam. Esta dinâmica oferece ao Complexo de Édipo, um caráter universal e, portanto, constitutivo da estrutura psíquica[170].

O corpo como representação

O processo de identificação depende das relações de objeto. Como visto no item anterior, a assimilação dos conteúdos vivenciados e os modelos familiares e sociais, interferem na constituição do psiquismo e da personalidade. O adolescente vive transformações biológicas profundas, que levam a mudanças físicas e hormonais, que exigem do psiquismo um duro trabalho de luto e elaboração. O corpo adquire novas e visíveis formas.

As mudanças biológicas, características da puberdade, impõem, necessariamente, a perda definitiva do jovem da sua condição de criança. Este processo de transformação física resulta em mudanças psicológicas que levam a um novo contato com a família e com o mundo. Já vimos esta experiência carregada de conflitos e instabilidade, fruto da necessidade de elaboração de um luto que envolve a perda do corpo de criança, bem como a perda das relações com os pais da infância. As modificações corporais, imperativo da natureza humana, impelem o jovem a vivenciar um denso período de contradições, ambivalências e conflitos. Novas pautas de convivência fazem

---

[170] Embora alguns autores contemporâneos tenham questionado essa concepção de universalidade, levanto, neste trabalho, pesquisa sobre o conceito freudiano de identificação e suas implicações teóricas, a partir da obra do autor.

parte deste lento e doloroso caminho, flutuando entre a dependência e a independência, entre a curiosidade pelo novo e o temor em enfrentá-lo. Encontrar um lugar para si mesmo em seu próprio corpo, bem como se situar de uma outra forma no mundo são os grandes desafios do adolescente. A sociedade atual tem supervalorizado a estética e o corpo, levando o jovem de hoje a mais um grande desafio para suas contradições. A importância em levantar alguns pontos para pensar o corpo e a constituição da identidade contribuem para fundamentar as reflexões a respeito da adolescência na sociedade contemporânea.

Para os gregos, a constituição humana vincula-se à natureza, tal como todos os outros seres que dela fazem parte. Tudo se integra em perfeita harmonia com a ordem da natureza, dependente dos desígnios divinos.

Os gregos contemporâneos de Heráclito, e outros de alguns séculos depois, pensavam que em tudo que existe, em cada ser, há uma natureza, uma *physis*, uma essência que se mantém, que produz, ao mesmo tempo, uma identidade e uma irmandade entre todos os seres: *Em essência, o universo e tudo que é manifesto seriam um: o mesmo princípio regeria o crescimento qualitativo de todos os seres, processo marcado, portanto, por uma interligação entre todos os elementos*[171].

Physis era compreendido pelos antigos gregos, especialmente na formulação aristotélica, como aquilo que tem o princípio do movimento em si mesmo, um princípio imanente e que atua para um fim, que seria a própria natureza. Os helênicos[172] percebem a vida individual como originada em um contexto vital integrado ao cosmo inteiro, da qual derivaria toda a lei interna. Assim como as plantas ou outros elementos da natureza, realizariam sua *physis*[173] na maturida-

---

[171] SILVA, A. M., *A natureza da physis humana*, in Corpo e História, Carmem Soares (Org., Ed. Autores Associados, SP, 2001, Cap. 2, p. 28).

[172] O helenismo refere-se à influência que a cultura grega passou a ter no Oriente próximo após a morte de Alexandre, em 323 a. C.

[173] Grifo da autora.

de com o desempenho de todas as suas potencialidades, a natureza humana incluiria um destino imanente à autonomia, baseada na liberdade de atos de vontade.

Três grandes ideais iluminam o caminho proposto pelos gregos: a justiça, o belo e o bem: *estar bem e fazer o bem integra virtude e felicidade*[174]. Nesta perspectiva surge o incentivo à ginástica, para além da necessidade de fortalecer o corpo, mas como atividade articulada à música, à filosofia e à política. Essas atividades, na visão dos gregos, ajudam a desenvolver o homem completo. A ginástica, nesta época, afirmou-se como o sistemático exercício das faculdades espirituais e o ginásio como um dos indicadores do grau de desenvolvimento da nação, diferenciando-se assim, das sociedades bárbaras. A sensibilidade helênica pressupunha o corpo nu durante o exercício de íntima proximidade com a natureza e a manifestação de *physis*.

Nas artes aparecem as inúmeras representações do corpo nu que caracterizaram a escultura grega e que denotam, por meio da reprodução de imagem dos jovens atletas, o ideal de beleza plasmática, impensável sem o valor social atribuído aos ginásios e às suas práticas como fundamentos da cultura helênica.

Em Hipócrates, a doença seria a manifestação do desequilíbrio deste sistema. Considerando esta "confiança" na natureza, não existiriam *doenças, mas doentes*[175]. Não é possível, sob esta concepção, compreender o homem sem considerá-lo parte da totalidade da natureza.

As chamadas Olimpíadas, a Ginástica e a Educação Física dão continuidade a esta tradição com início na Grécia antiga. Carmem Soares, em seu artigo *Corpo, Conhecimento e Educação*, coloca a ginástica como um modelo a ser difundido, como preceitos e normas de bem viver, a partir do século XIX, quando foi introduzida a Educação Física nas escolas: *É o seu caráter higiênico e moral que contribui para a formação de uma outra estética, a estética da retidão*[176].

---

[174] Grifos meus.
[175] Grifo meu.
[176] SOARES, C., *Corpo, Conhecimento e Educação, op. cit.*, p. 115.

A partir do século XIX, novos recursos científicos e tecnológicos encontram outras explicações ao corpo e ao movimento humano, potencializando um novo enquadrinhamento do corpo. A educação corporal visa, a partir de então, à *boa forma*, numa mescla do que a autora chama de *higienismo e eugenismo*[177]. A visibilidade do corpo compõe um amplo projeto estético da aparência:

> "A subjetividade humana que implica mergulho e reflexão, compreensão de desejos e sonhos, reduz-se à intimidade narcísica de centímetros de bíceps, cinturas, coxas, nádegas, e pedaços do corpo que são transformados com astúcia e perseverança com o auxílio não apenas dos exercícios físicos, mas, também, de todo um mercado que existe em função da norma a ser alcançada. São aminoácidos, vitaminas e alimentos dietéticos, cirurgias que acrescentam e retiram coisas, para que o corpo atinja a **forma** ou, para que ele possa se adequar à norma"[178].

Tal como no filme *Blade Runner*, de Ridley Scott (1981), o corpo belo parece próximo dos seres *replicantes*[179] apresentados. O corpo *malhado*[180] está tão musculoso que parece engessar a individualidade e a livre expressão. A mulher esquálida como referencial de beleza elimina a sensualidade e os contornos, transformando modelos em espécies robotizadas, de olhares vazios. É o produto que interessa e a moda veste a modelo, sem que o "tempero" pessoal de quem a veste possa estar presente.

Os limites do corpo parecem se perder. Há toda uma indústria estética voltada a motivar, em nome da "saúde", o consumo de um corpo ideal a ser ajustado e embutido no corpo de cada um de nós:

---

[177] Grifos meus.
[178] *Op. cit.*, pp. 119-20.
[179] *Replicantes* são seres perfeitos construídos pela engenharia genética futurista. Ágeis, fortes e inteligentes seriam usados fora da Terra, como escravos, em tarefas perigosas de colonização planetária. Exerciam as funções de combate e modelo de prazer. O diferencial em relação aos seres humanos está na ausência de emoções.
[180] Grifo meu.

"Parece que a assimilação das conquistas em relação ao rendimento e à estética corporal por parte da população ocorre de uma maneira ingênua e ao mesmo tempo como promessa, sempre implícita, de conquista de uma **juventude eterna**, de um corpo esbelto, belo, de uma *superperformance* atlética, sexual, etc"[181].

O corpo na transição adolescente

"Seja diferente: seja igual."
Moacyr Scliar[182]

É unânime para autores da Psicologia do Desenvolvimento e biólogos que as mudanças físicas que ocorrem na puberdade levem a uma preocupação excessiva com o corpo, já que o jovem não consegue se reconhecer mais. A estatura, o desenvolvimento dos seios na menina, o tamanho de quadris, ombros, bem como a barba e o surgimento das espinhas trazem ansiedade e muita insegurança. Esta transformação traz a necessidade de um corpo ideal, pois a transição deixa uma sensação de luto e temor de não se chegar a um corpo perfeito. Daí a importância de se constituírem os grupos de jovens, numa tentativa de adaptação social e numa identidade grupal.

Os jovens, em conseqüência destas mudanças, eventos indiscutíveis e inevitáveis do desenvolvimento humano, se *parecem* mais com os adultos do que as crianças. Fundando-se nestes autores[183] e, na Fisiologia, Gallatin (1978) coloca como a grande evidência o "salto" que ocorre nos dois anos que precedem a puberdade, o chamado "estirão de crescimento", trazendo um ritmo acelerado,

---
[181] *Op. cit.*, p. 127.
[182] SCLIAR, M., "Paraísos Artificiais", artigo publicado na *Revista Veja*, nº 21, de 28/5/1997.
[183] Em Psicologia do Desenvolvimento, cito alguns pioneiros como Stanley Hall (1904) e Arnold Gesell (1946).

incomparável a qualquer outro momento da vida. Após este período, o ritmo de crescimento vai se desacelerando, até que o jovem atinja a sua altura adulta, tipicamente no meio da adolescência para as meninas e no fim dela, para os meninos, de forma geral[184].

A autora considera, também, que a *média* etária na qual a súbita explosão associada à adolescência ocorre esteja entre 12 anos e meio e 15 anos, embora se tenha observado uma disparidade de cerca de dois anos entre o desenvolvimento de meninos e meninas. Aliado às alterações físicas, todo um processo de alterações à produção dos hormônios promove o desenvolvimento sexual.

A chamada "tempestade e tormenta", para Gallatin (1978), poderá advir especialmente com as alterações hormonais que colocam o jovem com capacidade biológica de reprodução. Esta nova dimensão de vida é reforçada por um fato que leva o adolescente, aparentemente, a estar mais próximo do adulto do que da criança:

> "Os adolescentes diferem das crianças porque eles agem mais como adultos e, em alguns aspectos, parecem-se mais com os adultos; mas, de alguma forma, eles **não** são adultos. O adolescente é retratado como possuidor de todos os impulsos e muitas das virtudes do adulto, e supõe-se que o choque entre impulso e virtude crie uma grande tempestade e tormenta"[185].

É possível que em decorrência destas transformações físicas tão evidentes, fique reforçada, de forma concreta, a falta de parâmetros e referências do jovem nesta transição. Seu corpo já não é mais o mesmo e seus desejos são outros, desconhecidos e intensos. O corpo em transformação e o corpo transformado parecem se *deformando* e se *reconstituindo*[186] a todo momento: altura, peito para elas, pernas. Voz, barba para eles, espinhas, etc. levam muito mais ao estranhamento e à ansiedade.

---

[184] GALLATIN, J., *Adolescência e Individualidade,* Ed. Harbra, RJ, 1978, p. 141.
[185] *Op.cit.*, 144
[186] Grifos meus.

Refletindo sobre os elementos de definição desta etapa, Calligaris (2000) vê em nossa sociedade dois campos nos quais importa se destacar para chegar à felicidade e ao reconhecimento pela comunidade: as relações amorosas/sexuais e o poder (ou potência), no campo produtivo, financeiro e social. Seriam, então, duas qualidades subjetivas cruciais para se fazer valer em nossa comunidade: ser desejável e invejável:

> "Seus corpos, que se tornaram desejantes e desejáveis, poderiam lhes permitir amar, copular e gozar, assim como reproduzir. Suas forças poderiam assumir qualquer tarefa de trabalho e começar a levá-los na direção de invejáveis sucessos sociais. Ora, logo neste instante, lhes é comunicado que não está bem na hora ainda"[187].

Ao mesmo tempo que o corpo chega à maturação necessária para que se consagrem tarefas ligadas aos valores de sua comunidade, há a imposição de uma moratória, ou seja, a escola, a mídia, os pais **não** o reconhecem como adulto, apesar de seu corpo e seu espírito estarem prontos para competir na sociedade. Há, portanto, um tempo de *suspensão* entre a chegada à maturação dos corpos e a autorização de realizar os ditos valores. Este tempo de *suspensão*[188] seria, então, a adolescência.

Novas configurações da adolescência parecem surgir, em meio a novas demandas sociais. Valores e modos de vida incidem nos adolescentes, recém-saídos de seus lares e de suas relações com a família. A força destes novos referenciais é proporcional à vulnerabilidade do adolescente diante deste mundo novo. Esta fase manifesta e denuncia conflitos subjacentes. Mesmo no silêncio, os adolescentes estão em questão social e trazem um possível novo modo de se diferenciar dos modelos parentais, na busca de sua identidade. Pensar

---

[187] CALLIGARIS, C., *op.cit.*, p. 15.
[188] Grifo meu.

sobre os mitos e expectativas presentes nas diferentes discussões a respeito da família, bem como apontar e discutir os novos modelos de relação familiar, traz a reflexão sobre um novo modo de pensar o conflito de gerações. Novos valores poderão levar a diferentes manifestações.

CAPÍTULO III
Conflito de gerações na sociedade atual

A família atual e suas novas configurações

Não se conhece praticamente nenhuma sociedade na história do gênero humano em que a família elementar (nuclear) não tenha desempenhado papel importante, na imensa maioria dos casos, como grupo residente no mesmo domicílio[189].

Fique na sua. Esta é a real[190].

Enriquez (1990) traduz as novas manifestações familiares da seguinte maneira:

---

[189] LÉVI-STRAUSS, C., *La famille*, 1979, Ed. Gallimard, Paris, p. 95, *apud* Roudinesco, E., *A Família em Desordem*, Ed. Jorge Zahar, RJ, 2002, p. 13.

[190] *Slogan* extraído de matéria publicitária da marca *Coca-Cola*, veiculada nas TVs de canal aberto de São Paulo (maio/ 2003), com imagens de uma senhora certificando se "tudo está bem" com seus filhos, cada um em seu quarto. Apesar de aparentemente estudando, cada um dos jovens tem embaixo da cama um namorado escondido. A mãe, aparentemente aliviada, liga a TV num clipe de *rock* e bebe, sossegadamente, seu refrigerante.

"Em nossas sociedades modernas individualistas, onde cada um deve tratar a crise edipiana sem grande apoio da sociedade, só existem duas vias possíveis e simultaneamente estáveis: a opressão direta ou a demissão. A via difícil, não sinalizada, sem anteparo no acostamento, constituindo na representação da lei, em sua dupla versão de interdição e permissividade, parece extremamente árdua para a maioria das pessoas"[191].

Para configurar o adolescente no mundo contemporâneo, seus valores e possíveis conflitos e referenciais, buscou-se subsídios teóricos para a compreensão destes novos modelos de família. Considera-se sua importância como núcleo da sociedade ao longo da história da família, como também o ambiente fornecedor das bases emocionais que, desde os primórdios da infância, contribuem no processo de constituição da identidade e da personalidade.

Breve histórico sobre a família

Na Grécia e na Roma antiga, a família já estava constituída, recebendo suas leis a partir das crenças religiosas universalmente admitidas na idade primitiva destes povos que exerciam domínio sobre as inteligências e sobre as vontades. A família, naquele momento, compunha-se de um pai, de uma mãe, de filhos e de escravos. O pai era como um mensageiro de Deus, exercendo uma autoridade quase divina. A família e o culto religioso perpetuavam-se por seu intermediário, pois só o pai representava a cadeia de seus descendentes. No direito grego, romano e hindu, oriundo das crenças religiosas, a mulher exercia um papel menor: não podia ter um lar para si e nunca poderia ser a chefe de um culto. Em Roma, chegou a receber o

---
[191] ENRIQUEZ, E., *Da horda ao Estado,* Ed. Jorge Zahar, SP, 1990, Cap. II, p. 214.

título de "materfamílias", embora o perdesse assim que o marido viesse a falecer.

O casamento produzia uma relação de subordinação à mulher, mas também lhe produzia dignidade. A religião imperiosa proibia violentamente o adultério e coloca o homem e a mulher unidos eternamente. Daí resultou esta "pureza" do casamento sagrado e indissolúvel, que há apenas pouco tempo vem sendo questionado.

Fica também o filho submetido à autoridade de seu pai, que pode vendê-lo ou condená-lo à morte. Sua presença nos cultos religiosos é tão indispensável, que, no caso dos romanos, na ausência de filhos, o chefe da família é obrigado a adotar um para as cerimônias especiais.

No espaço físico da casa estava o divino e o sagrado, representado por um deus que a protegia e a seus membros individualmente, escutando suas preces e acatando seus desejos. A casa era o santuário da família. Tal qual um Estado organizado, cada família tinha, na cidade antiga, sua propriedade, que também guardava seus túmulos, suas leis gravadas pela crença religiosa no coração de cada homem, sua justiça, interna e seu chefe, num papel soberano e quase divino[192].

É importante lembrar que muitas famílias, sem sacrifício de seus dogmas particulares, acabaram unindo-se para a celebração de outro culto que lhes fossem comum. Com o tempo, certo número de famílias formou um grupo, tido pela língua grega como *fratria* e pela língua latina como *cúria*. Esta nova dinâmica alargou a idéia religiosa e as deliberações, pois cada *fratria* ou *cúria* construída seu sentido de justiça, sua moral e promulgava seus decretos. As associações continuaram seu processo de expansão e, segundo o mesmo princípio, foram criadas as tribos. Da aliança das tribos, sob a condição do culto de cada uma delas ser respeitado, formou-se a cidade[193].

Como fenômeno universal, presente em praticamente todos os tipos de sociedade, para os antropólogos a família tem como função

---

[192] COULANGES, F., *A Cidade Antiga,* Ed. Martins Fontes, SP, 2000, 4ª ed., Livro III, pp. 116-118.
[193] *Op.cit.*, pp. 126-134.

unir os sexos, supondo uma aliança de um lado (pelo casamento) e uma filiação do outro (os filhos). Claude Lèvi-Strauss (1986)[194] acrescenta que outra condição necessária à criação da família é a existência prévia de duas outras famílias, disponíveis a oferecer o homem e a mulher, respectivamente. Para o autor, o que diferencia o homem do animal é que, na humanidade, uma família não seria capaz de existir sem sociedade, isto é, sem uma pluralidade de famílias prontas a reconhecer que existem outros laços fora os da consangüinidade. Decorre daí, de um lado, a prática da troca, sobretudo a circulação de mulheres e do outro, a necessidade da proibição do incesto. Na história da humanidade, dá-se, então, a passagem da natureza à cultura a partir destes princípios.

Philippe Ariès (1981), em *História Social da família e da criança*, quando trata das "Imagens da Família", lança mão da iconografia da Idade Média antes do século XIV e observa o tema dos ofícios, especialmente nas contribuições de origem profana. Este tema parecia ser a principal atividade da vida cotidiana, que também se associava ao culto da época galo-romana e à concepção erudita do mundo da Idade Média, nos calendários das catedrais. É possível que a importância dada ao ofício esteja associada ao forte valor sentimental que lhe atribuíam. Nas representações populares nota-se uma ligação entre profissões e estações, assim como se fazia com as idades da vida ou os elementos. Calendários de pedra, de vidro, das catedrais e dos livros de horas seriam alguns exemplos[195].

A partir do século XVI, surge a mulher, seja como dama do amor cortês ou como dona de casa. Observamo-la acompanhando os cavaleiros à caça, como camponesa ou atendendo, por exemplo, aos trabalhadores. Numerosas tapeçarias do século XVI descrevem estas cenas campestres em que os senhores e suas crianças colhem uvas e supervisionam o trigo. O homem não está mais sozinho: a

---

[194] LÈVI-STRAUSS, C., *Histoire de la famille*, Ed. GLF, Paris, p. 10, *apud* Roudinesco, E., *op. cit.*, pp. 14-15.
[195] ARIÈS, P., *História Social da Criança e da Família*, op. cit., pp. 196-197.

mulher e a família participam do trabalho e vivem mais perto do homem, na sala ou nos campos. A necessidade dos artistas em retratar estas cenas poderá indicar a maior presença da família no trabalho cotidiano.

É a partir do século XVI que surge a criança, especialmente nos calendários, muitas vezes na clássica imagem do "Manneken-Pis" – a escultura de uma criança urinando. Nos séculos XVI e XVII, na França, a palavra "garçon" designava, ao mesmo tempo, um rapazinho novo ou um jovem servidor doméstico. O serviço de mesa era tarefa das crianças. Esta atribuição fazia parte do processo de aprendizagem, e mesmo os empregados pagos para este serviço também eram bem jovens[196]. Apesar de a escola existir para situações especiais (clérigos, por exemplo), de modo geral, a transmissão do conhecimento de uma geração para outra era garantida pela participação familiar das crianças na vida dos adultos. As cenas da vida cotidiana constantemente reuniam crianças e adultos ocupados com seus ofícios.

A partir do século XV, lenta e progressivamente, a educação foi saindo cada vez mais das mãos dos adultos e caminhando para a escola, deixando, assim, de ser reservada aos clérigos para se tornar o instrumento de iniciação social, da passagem da infância à condição de adulto. Em virtude deste afastamento, surge maior preocupação por parte dos pais em vigiar seus filhos. O sentimento familiar tornou-se mais evidente[197]. Mesmo assim, num primeiro momento, ainda cabia só aos meninos a formação escolar. A extensão da escolaridade às meninas não se difundia antes do século XVIII e início do XIX. O tempo acabou por consolidar este modelo, tendo como referência a base escolar.

Surgem, a partir desta transformação, preceitos morais como o benefício a apenas um dos filhos, em geral, o filho mais velho, em detrimento dos irmãos, como estratégia para o esfacelamento do patrimônio, fruto da maior mobilidade de riqueza vista no século

---

[196] ARIÈS, P., *op.cit.*, pp. 197-198.
[197] *Op.cit.*, p. 232.

XVIII, patrimônio não mais protegido pelas práticas de propriedade conjunta e solidariedade de linhagem. Em virtude de movimentos que contestavam este privilégio, dá-se início a um sentimento que resultaria na igualdade do código civil, penetrando mais intensamente nos costumes no fim do século XVIII[198].

Considerar o sentimento de igualdade entre os filhos de uma família, para Ariès (1981), é uma prova de movimento gradual da família-casa em direção à família sentimental moderna: *Tendia-se agora a atribuir à afeição dos pais e dos filhos, sem dúvida tão antiga quanto o próprio mundo, um valor novo: passou-se a basear na afeição toda a realidade familiar*[199].

Também no fim do século XVI e início do século XVII, surge nas famílias ricas a ama-de-leite, o que garantia a permanência da criança em casa. Esta dinâmica permaneceu até o término do século XIX, quando os progressos da higiene e da assepsia permitiram utilizar sem riscos o leite animal. Os progressos da vida privada e do direito à intimidade do lar fortalecem o sentimento da família. Civilidade ou vida em sociedade passaram a ser referências, normas comuns de bem viver. Esta intimidade podia ser observada na própria organização física da casa, assegurando a independência dos cômodos, trazendo já naquela época a idéia de conforto.

Da família medieval à do século XVII modificações importantes aconteceram, mas ficaram limitadas aos nobres, burgueses, artesãos e lavradores ricos. Mesmo no início do século XIX, uma grande parte da população, a mais pobre e mais numerosa, vivia como as famílias medievais. O sentimento de casa/lar aproxima o sentimento de família. A partir do século XVIII e até o fim do século XX o sentimento de família modificou-se pouco. Por outro lado, ele se estendeu cada vez mais a outras camadas sociais[200].

Roudinesco (2003) relaciona a queda da monarquia com a morte de Luís XVI acompanhada do enfraquecimento de Deus pai, por

---

[198] *Op.cit.*, p. 233.
[199] *Op.cit.*, p. 235.
[200] *Op. cit.*, p.p. 267-271.

volta de 1790, como o princípio do que chama de *feminilização do corpo social*[201]. Na visão da autora, o declínio da monarquia deu início a um processo de deterioração da figura do pai. No começo do século XX, momento em que Freud introduz a idéia do assassinato do pai pelos seus filhos em *Totem e Tabu* (1912)[202], surge a polêmica sobre as origens da família. Nesta nova perspectiva, o pai deixa de ser o veículo único da transmissão psíquica e carnal, dividindo este papel com a mãe.

A hipótese da autora reconhece a invenção freudiana do Complexo de Édipo como a origem de uma nova concepção da família ocidental, capaz de lidar, à luz dos grandes mitos, não apenas com o declínio da soberania do pai, mas também com o princípio de uma emancipação da subjetividade. Esta é a base do advento da família afetiva contemporânea, pois contempla uma escolha livre de homens e mulheres. Toda a tragédia edipiana coloca filhos e pais num romance familiar de paixão e desejos que inscrevem o cerne da instituição do casamento:

> "A concepção freudiana de família, como paradigma do advento da família afetiva, apóia-se em uma organização das leis de aliança e da filiação que, embora instituindo o princípio do interdito do incesto e da perturbação das gerações, leva todo homem a descobrir que tem um inconsciente e, portanto, que é diferente do que acreditava ser, o que o obriga a se desvincular de toda forma de enraizamento. Nem o sangue, nem a raça, nem a hereditariedade podem doravante impedir de alcançar a singularidade de seu destino"[203].

O próprio discurso, referindo-se ao patriarcado e matriarcado, fez parte do referencial antropológico da família a partir da segunda metade do século XIX. Houve sim uma queda no poder patriarcal na sua soberania do Deus pai:

---

[201] ROUDINESCO, E., *A família em desordem*, Ed. Jorge Zahar, RJ, 2003. p. 34
[202] FREUD, S.(1912), *Totem e Tabu*, Ed. Nueva, Madrid, 1981, vol. II, p. 1.752
[203] ROUDINESCO, E., *op.cit.*, p. 89.

"Acuado em um território privado, e questionado pela perda da influência da Igreja em benefício do Estado, ele consegue reconquistar a dignidade perdida, tornando-se, para começar, o patriarca do empreendimento industrial"[204].

O *pai-patrão*[205] está desprovido de seus atributos divinos, mas defenderá o operário, garantindo-lhe trabalho e habitação; assimila a vida privada e o trabalho, a família biológica e a econômica. A figura do pai está mais próxima do real do que do simbólico (concepção de Lacan), pois é senhor de uma ordem familiar econômico-burguesa, na qual o Eu repousa em três fundamentos, segundo a autora: a autoridade do marido, a subordinação das mulheres e a dependência dos filhos. Roudinesco (2003) atribui à Revolução Francesa de 1789 o momento histórico em que a paternidade ética se fez presente:

"A Declaração dos Direitos do Homem e do cidadão coloca a figura do pai numa atitude respeitosa e o casamento, até então, indissolúvel e abençoado pelo divino, passa a ser um contrato de livre consentimento entre homem e mulher"[206].

Na França, o divórcio, por exemplo, foi definitivamente conquistado a partir de 1884. Assim, também, todo filho ilegítimo adulterino ou abandonado passa a ter direito a uma família, a um pai e a uma mãe. O pai, no fim do século XIX, está submetido à lei, cabendo a punição de infligirem castigos ou injustiças à família, especialmente na Europa.

É importante frisar que, no Brasil, a lei do divórcio foi instituída em 1977, e somente com a Constituição Federal de 1988 ficaram proibidas quaisquer atribuições discriminatórias das antes chamadas "filiações ilegítimas" (filho adulterino, filho natural, espúrio, etc)[207].

---

[204] *Op. cit.*, p. 37.
[205] Grifo da autora.
[206] *Op. cit.*, p. 39.
[207] REIS, C. M., *Conseqüências Patrimoniais da Dissolução do Casamento,* Dissertação de Mestrado, Faculdade de Direito, PUC, SP, 2002, p. 88.

O modelo de família a partir do século XIX sofreu intervenções em seu modelo a partir do processo de higienização médica[208] sobre as cidades, na Europa e no Brasil colonial. Os elementos particularmente afetados foram a casa e a intimidade. O perfil arquitetônico do ambiente doméstico modificou: *A intimidade transformou-se para permitir um fluxo afetivo mais livre entre os próprios membros da família*[209]. Este processo de higienização cria novas normas de convivência social, ao mesmo tempo que enriquece a intimidade, seus utensílios e as individualidades. Ocorre, gradativamente, maior privacidade familiar, mais conforto doméstico, interiorização e individualidade.

Em Psicanálise, a idéia difundida por Freud sobre o Complexo de Édipo e suas implicações ao longo do século XX pode ser interpretada de três maneiras distintas, no capítulo sugestivamente intitulado pela autora de *O patriarca mutilado*:

"Pelos libertários e pelas feministas, como uma tentativa de salvação da família patriarcal; pelos conservadores, como um projeto de destruição pansexualista da família e do Estado e pelos psicanalistas como um modelo psicológico capaz de restaurar uma ordem familiar normalizante onde as figuras do pai e da mãe seriam determinadas por suas diferenças sexuais" (Roudinesco, 2003)[210].

De forma mais abrangente, a autora coloca como possível distinguir a evolução da família em três grandes períodos: Numa primeira fase, a família dita tradicional serve, acima de tudo, para assegurar a transmissão do patrimônio. Os casamentos são arranjados

---

[208] FREIRE COSTA, J., *Ordem Médica e Norma Familiar*, Ed. Graal, RJ, pp. 12-13. O autor define higienização como relativa a um processo de reeducação social que impôs às famílias uma nova concepção de higiene, a partir de novos preceitos sanitários envolvendo questões físicas, morais, intelectuais e sociais, na busca de exterminar os hábitos coloniais (fim do século XIX).

[209] *Op. cit.*, p. 79.
[210] ROUDINESCO, E. , *op.cit.*, p. 89.

pelos pais, sem que a vida sexual e afetiva dos futuros esposos, em geral unidos em idade precoce, seja levada em conta. A célula familiar repousa em uma organização imutável, submetida à autoridade patriarcal, numa verdadeira transposição da monarquia de direito divino. *Que essa última organização familiar seja imposta como objeto de estado em função deste movimento – isso pouco importa em relação ao fato em si, verdadeira reviravolta que se produziu na sociedade ocidental em torno de 1850*[211].

Numa segunda fase, a família moderna torna-se o receptáculo de uma lógica afetiva com um modelo imposto entre o fim do século XVIII e meados do século XX. Agora, fundada no amor romântico, sanciona a reciprocidade dos sentimentos e os desejos carnais por intermédio do casamento. Valoriza a divisão do trabalho entre os cônjuges e coloca a criança como centro, cabendo aos pais a responsabilidade em encaminhá-la para a educação, agora institucionalizada. A família não é apenas a base da sociedade, mas torna-se necessária a toda forma de rebelião subjetiva: dos filhos contra os pais, dos cidadãos contra o Estado, dos indivíduos contra a massificação, já que busca suas forças no assassinato do pai e na reconciliação de seus filhos à sua figura. O Édipo é, ao mesmo tempo, o restaurador da autoridade, o tirano culpado e o filho rebelde, três figuras indispensáveis à ordem familiar. Neste contexto, observa-se o reconhecimento do desejo na psicanálise, os valores burgueses revestindo um novo lugar aos filhos, que passa a ser um investimento na transmissão do patrimônio. A criança passa a ser amada e educada, num momento em que se observa na Europa uma visível redução da natalidade (fim do século XIX).

Finalmente, a partir dos anos 1960, surge a família dita contemporânea, que une dois indivíduos em busca de intimidade e vida sexual. A transmissão da autoridade vai se tornando cada vez mais problemática à medida que as separações e reorganizações conjugais aumentam. A esfera do privado surgiu tornando-se o lugar de

---

[211] *Op. cit.*, p. 20.

uma das experiências subjetivas mais importantes de nossa época. O olhar para esta realidade mudou. Passou-se a valorizar questões simbólicas tais como regras de aliança, filiação e relações entre os irmãos. A abordagem estrutural dos sistemas de parentesco foi posta em prática pelas novas ciências humanas tais como a sociologia, antropologia e psicologia. O modelo familiar em que foram formados os pais dos atuais adolescentes talvez tenham seguido estes referenciais.

A família hoje – reflexões

Acho que não nasci para este momento. Sou romântica, religiosa e gosto de me sentir protegida. Meu sonho é ter muitos filhos, morar numa casa bem linda, quero cuidar da casa, das crianças, cozinhar, e minha mãe acha o fim..., não quero trabalhar... quero ser dona de casa. Depoimento de Mariana, 18 anos, mora com o pai.

Mariana veio procurar psicoterapia alegando dúvidas em relação à vida profissional. Mora com o pai, com a esposa dele (cinco anos mais velha que a paciente), e com seus dois "meio-irmãos", ainda crianças. Sua mãe casou-se novamente há cinco anos e foi morar fora do país. Mariana sente falta da mãe e reconhece *um vazio de família e de lar (sic)*. Seu lazer está vinculado aos animais. Admite que recolhê-los da rua, tratá-los e procurar pessoas interessadas em adotá-los seja seu programa predileto.

À medida que o acesso ao prazer trouxe mais autonomia e poder de escolha, a mulher, progressivamente, foi se individualizando. A dominação paterna começa a compreender o casamento como uma partilha consentida que respeita a individualidade e o lugar de cada um. Após a Segunda Guerra Mundial, a Europa instituiu o planejamento familiar assim como a ciência desenvolveu dispositivos intra-uterinos, a pílula e outros métodos anticoncepcionais, fazendo com que as mulheres pudessem, com muita luta, abrir mais espaço para seu desejo.

Esta nova ordem simbólica colocou o poder patriarcal num papel menos coercitivo, sendo mais rigorosa na vontade de impor sua legitimidade à sociedade. Até meados de 1970, esta nova idéia de família homologou o declínio da função paterna em favor de uma autoridade parental dividida. A psicanálise, a pedagogia, a psiquiatria coloca a família numa política de controle, centrada nas distorções sociais e psíquicas. Os divórcios, a paternidade reconhecida cientificamente e as "produções independentes" cindem a identidade do pai em dois pólos: *produtor de sêmen e/ou inspirador de uma função nomeadora*[212]. Praticantes das ciências sociais humanas tornam-se especialistas.

Casamento, mesmo para o Direito, passa a ser no mundo ocidental um contrato de convivência entre duas pessoas. A família pode então ser recomposta, humanizando os laços de parentesco. Do caráter sagrado e indissolúvel, a família contemporânea se mostra frágil. Os antigos "bastardos", assim como os meio-irmãos e os enteados, podem ser integrados à família recomposta:

> "Em lugar da definição de uma essência espiritual, biológica ou antropológica, fundada no gênero e no sexo ou nas leis de parentesco e em lugar daquela, existencial, induzida, pelo mito edipiano, foi instruída outra, horizontal e múltipla, inventada pelo individualismo moderno e logo dissecada pelo discurso do especialista"[213].

A família moderna assemelha-se a uma tribo insólita, a uma rede assexuada, fraterna, sem hierarquia nem autoridade, na qual cada um se sente autônomo ou funcionalizado.

Não só Roudinesco, mas vários autores da Sociologia, Psicanálise e do Direito[214] reconhecem, no mundo ocidental em

---

[212] *Op. cit.*, p. 105.

[213] *Op. cit.*, p. 155.

[214] *A Família está cada vez mais concentrada na relação de afeto entre seus membros. Isto quer dizer que sua estrutura atual é bem diferente daquela união de pessoas ligadas pelo casamento, parentesco ou poder patriarcal dos tempos clássicos romanos* (Carla M. Reis, Conseqüências Patrimoniais da Dissolução do Casamento, *op. cit.*, p. 18.

geral, um movimento pelo reconhecimento da chamada homoparentalidade como um fato social que também poderá trazer à sociedade uma *outra família*. Ciente de ainda não haver parâmetros para este novo modelo, o possível talvez seja a singularidade de cada nova família, com suas respectivas histórias pessoais de cada pai, cada família, dentro de dinâmicas ambientais e intrapsíquicas nesta singularidade.

Enriquez (1990) pensando sobre a posição de pais e filhos na sociedade atual destaca que vivermos uma sociedade individualista que coloca pais e filhos numa relação não mais dependente das transformações históricas, tecnológicas e econômicas. Para além destas implicações, a educação dos filhos extrapola o contexto familiar, advindo da aprendizagem também dos meios de comunicação de massa, dos companheiros, da escola e de sua experiência pessoal. Cada um acaba sendo obrigado a tratar sua crise edipiana sem grande apoio da sociedade: *A via difícil, não sinalizada, sem anteparo no acostamento, consistindo na representação da lei, em sua dupla versão de interdição e de permissividade, parece extremamente árdua para a maioria das pessoas*[215].

Ficam os pais, então, incapazes de situarem a lei e se situarem como lugar de interdição e identificação, seguindo os princípios básicos da psicanálise. Ao mesmo tempo, cada vez mais, os filhos assistem algumas vezes até as núpcias de seus pais. As mulheres, muitas delas, também podem ser observadas na condição "monoparental", administrando seus lares, criando seus filhos gerados, muitas vezes, por técnicas modernas de contracepção que, de fato, prescindem da presença do pai.

O princípio da autoridade como referencial no seio da família encontra-se em visível crise. A realidade de um mundo unificado condena o homem à horizontalidade de uma economia cada vez mais devastadora. Incitar incessantemente a se restaurar a

---

[215] ENRIQUEZ, E., *Da Horda ao Estado*, op.cit., p. 214.

figura perdida do Deus pai também tem sido um caminho. Vêem-se as igrejas e os movimentos religiosos resgatando princípios medievais[216].

A família ocidental moderna vem deixando de ser paradigma da força divina ou do Estado, retraída pelas debilidades de um sujeito em situação de sofrimento. Para a autora, embora *dessacralizada*[217], permanece a família ainda como a instituição mais sólida da sociedade. Assim como Mariana, outros jovens pacientes do consultório, filhos desta nova ordem familiar, não têm hesitado em manifestar anseios em casar na Igreja, construir um casamento indissolúvel e criar filhos dentro de um modelo estável e conservador. Os jovens de hoje solicitam referenciais. O clima de liberdade que encontraram com sua família, a extensa gama de opções e estímulos e fontes de informação que a sociedade contemporânea tem oferecido e o acesso aos especialistas na "retaguarda" de sua formação parecem não garantir a necessidade de proteção e acolhimento. Por não encontrar um modelo satisfatório, ou por necessitar apresentar sua diferença ao que está estabelecido, busca referenciais no modelo do passado, assim como se apresenta Mariana.

Esta quebra do modelo familiar anterior, com a perda da autoridade paterna e a inclusão da mulher no mercado de trabalho – dentre os outros fatores já mencionados – deixa os jovens numa aparente situação de abandono, sem que surjam de forma explícita os conflitos e os embates entre as gerações, elementos considerados, até então, importantes de ser manifestados para o fortalecimento da identidade. Algo entre as gerações, certamente, vem sendo transmitido e o interesse destes jovens em resgatar os valores do passado pode indicar possíveis questões subjacentes.

---

[216] ROUDINESCO, E., *op.cit.*, p. 197.
[217] Grifo meu.

A transmissão psíquica entre as gerações

Embora o conceito *transmissão psíquica geracional* seja recente, observamos já em Freud considerações pertinentes à idéia. Em *Introdução ao Narcisismo (1914)*, há o reconhecimento de que o amor parental, não é senão uma ressurreição do narcisismo dos pais, que revela sua natureza em sua antiga natureza com a transformação em amor objetivado:

> "Considerando a atitude dos pais carinhosos com respeito a seus filhos, observamos a revivescência e uma reprodução do próprio narcisismo dos pais. A hiperestima, que já estudamos como estigma narcisista de escolha do objeto, domina esta relação afetiva"[218].

Para psicanalistas de crianças, sejam eles seguidores das mais diversas linhas da Psicanálise, os sintomas indicam também possíveis conflitos dos pais. Debieux Rosa (2000) remete a Volnovich (1993) que define *estes fenômenos como resultado da produção inevitável de um laço social, que reduz a criança à posição de objeto*[219].

Os fenômenos em questão correspondem a neuroses incipientes e refletem a patologia do narcisismo em que o elemento central é sustentar e suportar o gozo. Conceitua o sintoma na criança como uma mensagem para além da conflitiva individual e familiar, mas também do contexto sociopolítico e institucional, mostrando como o sintoma tende a tomar a forma na cultura a que pertence. Rosa complementa indicando estes sintomas como reflexos de uma organização subjetiva que contém uma mensagem e sinaliza processos sociais e particulares na sua forma de advir como sujeito, ou seja, *a tese é que os sintomas de uma criança são também representativos*

---

[218] FREUD, S. (1914), *Introdução ao Narcisismo,* op. cit., vol. II, p. 2027.
[219] VOLNOVICH, J., *A Psicose na Criança,* Ed. Relume, RJ, 1993, *apud* Debieux Rosa, M., *Histórias que não se contam,* Ed. Cabral Universitária, SP, 2000, pp. 93-94.

dos conflitos ocultos e não resolvidos entre várias gerações da mesma família ou entre ambas as famílias de origem[220].

Numa articulação da vida psíquica, Evelyn Granjon (2000) apresenta a problemática da transmissão vivida entre espaços e tempos singulares ou grupais:

"A inscrição do sujeito em uma cadeia da qual é um elo e à qual se submete, a estruturação do sujeito singular e seu desenvolvimento psíquico em relação àquilo que se constitui herdeiro e que lhe é transmitido, sua pertença a grupo e as necessárias formações intermediárias que articulam os diferentes espaços psíquicos do sujeito e do grupo; todas essas interrogações, e muitas outras, abordam a questão da transmissão e implicam a precedência do sujeito por mais de um outro e a necessidade para ele de ser herdeiro forçado, beneficiário, mas também pensador, até mesmo criador, daquilo que lhe foi transmitido".[221]

Sob este aspecto, a transmissão surpreende ou perturba a organização do presente. O trabalho psíquico, na visão da autora, depende da construção, organização e transformação de certas heranças não elaboradas, fruto de repetições anacrônicas que o inconsciente impõe e que infiltram o presente. A família tem importância fundamental neste papel, uma vez que transmite a herança psíquica adquirida e fundadora de cada um e do conjunto, sendo um de seus projetos perpetuar-se, dando vida para além dos mortos, por meio das alianças e das gerações: *A família é o lugar e o aparelho da transmissão psíquica*[222].

---

[220] DEBIEUX ROSA, M., *Histórias que não se contam*, Ed. Cabral Universitária, SP, 2000, p. 107.
[221] GRANJON, E., "A elaboração do tempo genealógico no espaço do tratamento da terapia familiar psicanalítica", *in Révue de Psychothérapie Psychanalytique de groupe*, n° 22, pp. 61-80, *apud* Olga Ruiz Corrêa, *Os Avatares da Transmissão Psíquica Geracional*, Ed. Escuta, SP, 2001, pp. 17-18.
[222] CORRÊA, O. R., *Os Avatares da Transmissão Psíquica Geracional*, op. cit., p. 20.

A existência de cada um no grupo familiar está fundada no lugar oferecido e ocupado na cadeia das gerações, na relação com aqueles que precederam e que não mais estão presentes. Para desenvolver o conceito de *transmissão psíquica*, Evelyn (2002) pensa nas implicações e ligações *com e entre* diferentes níveis intrapsíquicos e intersubjetivos, intermediadas pelos grupos, favorecendo transformações e conduzindo a uma diferenciação. Trata-se de um trabalho que permite a cada geração situar-se em relação às outras formas, fundando a subjetividade, constituindo a história pessoal, tornando-o proprietário de sua herança. *Trata-se de um trabalho de ligações e de transformações de geração para geração*[223].

Na transmissão psíquica existe apoio à geração precedente. O sujeito, portanto, ... *emerge e é, então, submerso na palavra e desejo das gerações que o precederam. Isto faz parte da tecelagem grupal do envelope genealógico familiar que será mobilizado no processo psicoterapêutico no nível da transferência*[224]. Quando este trabalho falha, este processo poderá ser alienante e não estruturante. A importância da dinâmica familiar nos sintomas da adolescência torna fundamental a discussão sobre a transmissão psíquica entre as gerações.

Vem daí a necessidade de se pensar em duas modalidades de transmissão psíquica. A autora define, então, dois tipos de transmissão:
   a) Intergeracional: inclui um espaço de metabolização do material psíquico, transmitido pela geração mais próxima e que, transformado, passará à seguinte.
   b) Transgeracional: refere a um material psíquico da herança genealógica e não simbolizada que apresenta lacunas e vazios na transmissão, sendo o significado apontando para o fato psíquico inconsciente que atravessa diversas gerações.

A transmissão psíquica insere o sujeito na história, sendo este o receptador, inclusive, dos valores fundantes da ordem social,

---
[223] GRANJON, E., *op.cit*. p. 31 *in* Olga Ruiz Correa, *op. cit.*, p. 24.
[224] CORREA, O. R., *op. cit.*, p. 65.

devidamente estabelecidos em torno da lei. Numa sociedade em que a ideologia é o consumo e a satisfação imediata das demandas, o que se configura nesta mediação?

Regine Mougin Lemerle, em *Sujeito do direito, sujeito do desejo*, diz que as leis da filiação nos designam limites e conseqüentemente lugares, pois colocam em prática regras lógicas de continuidade e diferenciação. Isso indica bem nossa inclinação natural para ignorá-las ou para transgredi-las, e para ficar imaginariamente fusionados eroticamente com nosso pai ou nossa mãe. No campo do Direito, nosso sobrenome nos inscreve dentro de uma ordem e nos situa em relação à nossa linhagem, ele enuncia então um laço, mas produz também interdições de laços – os laços incestuosos[225].

Existimos até mesmo antes de nascidos, considerando toda uma expectativa que remete àquele *futuro ser* um lugar já representado. Nesta constelação, fazemos parte de uma história que não é, necessariamente, transmitida e reconhecida racionalmente, pois tratamos de questões que escapam do material consciente e racional.

Segundo as idéias de Freud sobre a constituição do sujeito a partir da repressão e da formação do superego como herdeiro da questão edípica, pensa-se a organização psíquica e os mecanismos de defesa do Eu, como o de repressão, como instância que instaura uma distância interior entre o indivíduo e si próprio, segundo Debieux (2000). Esta dinâmica permite o controle sobre o jogo das pulsões e permite a inserção do indivíduo na sociedade. Quando, porém, ocorre uma experiência *negada*[226] (Freud, 1916), a função intelectual separa-se, neste ponto, do processo afetivo, ou seja, *mostra que a representação ou o pensamento reprimido podem ir à consciência sob a condição de serem negados. Com isso, parte da repressão é anulada, enquanto a parte principal se mantém, ou seja, persiste a não aceitação do reprimido*[227].

---

[225] MOUGIN- LEMERGE, R., *Sujeito do direito, sujeito do desejo*, Palestra realizada na UERJ, abril de 1996 no Curso de Especialização em Psicologia Jurídica.

[226] FREUD, S. (1916), *Resistência e Recalcamento, op.cit.* vol. I, p. 102.

[227] DEBIEUX ROSA, M., *op.cit.*, p. 48.

Configura-se um campo de experiência indizíveis, um saber abolido ou mantido em segredo. Ele se torna impensável para preservar o desconhecido como tal. O dito não serve, então, como um tabu, preservando como sagrado algo que deve escapar da força mágica, porém, destrutiva das palavras. Ao mesmo tempo em que surge, entre as gerações da atualidade, uma aparente liberdade de convivência e de expressão, aumenta o silêncio entre pais e filhos. Sobrecarregados com seus encargos profissionais, deixam seus filhos à vontade para administrar suas vidas. Trancados em seus quartos, os jovens tentam virtualmente contatar o mundo, apoiando-se em especialistas para entender seus medos e suas inseguranças, como faz a paciente Mariana. Pouco diálogo com pais da realidade e pouco espaço para conflitos e embates trazem como possível efeito sintomático rupturas na transmissão psíquica das regras, valores como também da história.

A perda dos rituais de iniciação deixa a chamada *moratória* da adolescência com final indefinido. Ficam em aberto, também, os desafios necessários a que ele entre a condição de adulto, segundo critérios desta cultura. Resta o silêncio e o enigma de quais seriam os novos caminhos para desvendá-lo.

Conflito de gerações na sociedade moderna: mitos e expectativas

Carolina tem 18 anos, sexo feminino, mora com os pais. Sua mãe veio procurar psicoterapia com queixa de uso esporádico de maconha, indolência, perda de rendimento escolar significativa e pouco interesse pela vida social, esportes ou artes. Seus pais têm por volta de 50 anos. Foram militantes no Centro Acadêmico. Ambos médicos, estudaram por prazer Filosofia, História e Artes Cênicas. Com 17 anos, lembram que já conheciam quase todo litoral do Nordeste, viajando de carona, ônibus ou até mesmo barco. Aos 22 anos, saíram de casa e foram morar juntos. Curtiam muita arte nos espaços alternativos, nos quais a música e o espetáculo comercial eram duramente rejeitados. Participaram de projeto de atendimento gratuito na periferia de São Paulo, acreditando que iriam fazer um novo país. Cursa o terceiro ano do Ensino Médio e tem como principal atividade de lazer a internet. Diz não se interessar por questões políticas, pois "políticos são todos iguais". Ainda não sabe o que fazer profissionalmente. No momento, não acredita ser importante tentar vestibular, já que "não há emprego p'ra todo mundo" *(sic)*. Gostaria de fazer uma lipoaspiração para diminuir a cintura e os seios, embora não pareça ter corpo desproporcional à sua estatura. Não pensa em trabalhar – "ainda é muito cedo" *(sic)*. Tem poucos amigos, mas adora bater papo virtual. Faz os deveres escolares, ouvindo música, ou até mesmo com a TV ligada ao mesmo tempo. Viaja para uma casa de praia dos avós quase todo fim de semana e não pensa em sair de casa tão cedo.

Neste texto, menos preocupada em interpretar o que ocorre psiquicamente com Carolina nos seus conflitos internos, busco uma análise que diz respeito a um sintoma geracional.

Calligaris, em seu artigo na *Folha Ilustrada* (agosto de 2001), levanta a mesma questão que tenho pesquisado: ele diz já ter visto *jovens pasmos, atirados na cama, enquanto os pais, a mil, enfiavam capacetes, coletes salva-vidas e caiaques na perua da família*[228].

A paciente em questão é apenas um dos muitos exemplos que observo em meu consultório, assim como na minha experiência pessoal.

Existe, afinal, alguma "falha" na comunicação entre as gerações destes novos tempos?

O adolescente, muitas vezes, nas suas ações e idéias, interpreta um desejo nem sempre explícito do adulto. É como uma espécie de encenação do ideal cultural básico apresentado no comportamento adolescente como um paradoxo, à medida que o jovem está na sociedade

---

[228] CALLIGARIS, C., Entre as gerações: a guerra dos gozos *in Folha de S. Paulo*, Ano 81, nº 26849 de 16/8/2001.

numa situação de exclusão. *Através de suas variantes, porém, ele encarna o maior sonho de liberdade*[229]. Um lugar aparentemente ideal, mas sem a oportunidade e o espaço para a construção da própria história. Definindo em grupo seus hábitos, modo de se comportar e de se vestir, são os adolescentes um público de consumidores em potencial. Calligaris reconhece, inclusive, as estratégias de *marketing* buscando cristalizar e definir as diferentes identidades grupais, que têm todo o interesse em apresentá-los coesos, comercializando, assim, seus acessórios e as senhas com os traços que os tornam suscetíveis de circular no mercado. Esta uniformização enfraquece a manifestação da singularidade da oportunidade para a diferenciação.

Cada *look* (visual) acaba sendo incorporado no mercado, apresentado como ideal para aumentar a adesão de seus membros, divulgado e criado para sua comercialização: *Cada grupo e a adolescência em geral se transformam numa espécie de franchising (franquia) que pode ser proposta à idealização e ao investimento de todo mundo em qualquer faixa etária*[230]. Este produtos são oferecidos ao público em geral, já que as tendências no mercado adolescente, muitas vezes, influenciam a moda como um todo: *A adolescência, por ser um ideal dos adultos, se torna um fantástico argumento promocional*[231]. Estimula-se um referencial idealizado por toda a sociedade, envolvendo felicidade, perfeição corporal, saúde e qualidade de vida, expectativas que estão presentes, implícita ou explicitamente, nos pais destes jovens.

Daí a questão, sempre presente nos artigos do autor sobre a adolescência, referindo o surgimento desta moratória como decorrente da necessidade dos adultos em tê-la como ideal. Seria uma fase provocada, impondo a moratória e suscitando a rebeldia, justamente para que se realizasse o sonho de unicidade, de liberdade individual e de desobediência, próprios de nossa cultura.

---

[229] CALLIGARIS, C., *Adolescência*, Publifolha, SP, 2000, p. 57.
[230] CALLIGARIS, C., *op.cit.*, p. 58.
[231] *Op. cit.*, p. 59.

A rápida assimilação no mercado dos modismos adolescentes tem agilizado a invenção constante de novos estilos e este processo pode ser pensado como uma intensa tentativa de fuga do desejo faminto dos adultos em incorporar seus modelos estéticos. O autor confirma a visão de Ariès (1981) e outros autores da Sociologia e da História, que vê a adolescência como um fenômeno da modernidade, uma criação dos adultos para satisfazer fantasias de liberdade, sem responsabilidades. Fruto desta idealização, os jovens oferecem um *show* próximo à felicidade que gostaríamos de viver. Este projeto de vida gera, agora, um modelo de identificação para os adultos:

> "Os adultos podem querer ser adolescentes. Os adolescentes têm corpos que reconhecemos como parecidos com os nossos em suas formas e seus gozos, prazeres iguais aos nossos e, ao mesmo tempo, graças à mágica da infância estendida até eles, são ou deveriam ser felizes numa hipotética suspensão das obrigações, das dificuldades e das responsabilidades da vida adulta. Eles são adultos de férias, sem lei"[232].

Com muita objetividade, o autor coloca o ideal adolescente como a caricatura despreocupada de nós mesmos. Se, nos anos 60 do século XX, a maioria dos adolescentes queria "parecer" adulta, ou seja, agiam e se vestiam inspirados no comportamento dos adultos, hoje os adultos inspiram-se nos adolescentes, procurando a descontração e o conforto na forma de falar, de agir e de se apresentar. É possível que a postura engajada, identidades grupais que se diferenciam, apesar da marca unânime de serem grupos politizados e críticos dos anos 1960 denunciasse a necessidade dos jovens em mostrar a consciência social e a seriedade que os deixariam mais próximos do compenetrado mundo dos adultos. Esta postura, porém, mitiga um desejo de folia e férias, já que o ideal deles era a vida adulta.

---

[232] *Op.cit.*, p. 60.

Esta estética adolescente que tem surgido mais visivelmente nas últimas décadas tem afetado até mesmo as crianças, cada vez menos vestidas e paramentadas como tais. Adultos, crianças e adolescentes têm procurado uniformizar um estilo, uma estética comum, que é aquela que reproduz os referenciais da descontração do jovem de hoje. Com a globalização, jovens, adultos e crianças do mundo ocidental seguem o mesmo padrão. *A estética da adolescência atravessa, assim, todas as idades. E os continentes. Os adolescentes são os mesmos no mundo inteiro, ao menos, no mundo ocidental. Mesmas modas, mesmos estilos, mesmas músicas*[233].

O exemplo de Luciana, 16 anos, poderá ilustrar esta reflexão; assistindo a um *show* de *rock*, acabou sendo vítima de violência policial que, segundo seu relato, ocorreu em virtude uma briga da qual não fez parte. Em meio à multidão, chegou a sofrer golpes de cassetetes e foi levada à Delegacia no grupo de jovens que deu início ao tumulto. Na sessão acusou seus pais por serem negligentes e valorizarem por demais a juventude, a ponto *de não se reconhecerem como autoridade. Parece que tudo que faço ou desejo fazer representa o que eles gostariam de realizar (sic).*

No texto de Calligaris sobre *A Adolescência*, surge uma pergunta que coincide com a questão apontada por Luciana: *Se a adolescência é isso, é reconhecida o suficiente. Por que desejar se tornar adulto quando os adultos querem ser adolescentes? E por que desejar o reconhecimento dos adultos, se, na verdade são estes que parecem pedir que os adolescentes os reconheçam como pares?*[234].

Os adolescentes parecem pedir reconhecimento e encontram no âmago dos adultos um espelho para se contemplar. Pedem uma palavra para crescer e ganham um olhar que admira justamente o casulo que eles queriam deixar.

Se os adultos querem rejuvenescer, qual a aspiração do adolescente?

---
[233] *Op. cit.*, p. 69.
[234] *Op. cit.*, p. 73.

Atualmente síndrome do pânico, depressão e fobias são diagnósticos facilmente apresentados, quando se quer justificar ou explicar as mais variadas questões emocionais. Birmam (1999), com boa dose de humor, coloca que estes sintomas acodem os sujeitos incapazes de se verem como cidadãos nesta sociedade do espetáculo (conceito de Debord)[235]: *Com efeito, panicados e deprimidos são os fracassados da cultura do narcisismo, pois não conseguem ocupar a cena teatral da sociedade com o peito inflado e o eu obeso de si mesmo e dizerem decididamente: "Cheguei!!"*.[236]

Por não haver espaço para explicar momentos de depressão, talvez o que se manifeste como angústia fique na possibilidade de os jovens deixarem de ser imagens, para, de fato, serem vistos e ouvidos. Se não há lugar para o fracasso, talvez não haja para o humano.

Alberto Eiguer (1996) propõe a noção universal da dívida para com os pais pela vida doada. Dívida experimentada, e que se inscreveria, paralelamente, tão bem na culpabilidade edípica quanto no desejo de reparação ou na disposição à solicitude. Segundo o autor:

"A fórmula representação de objeto da transmissão psíquica entre gerações lembra que, no inconsciente, um objeto inscreve-se na sua representação, ela própria mantendo referência nas representações de palavras e de coisas; ou melhor, a representação de objeto seria o produto de uma combinação articulada destes dois tipos de representações"[237].

Ainda que a coisa remeta à imagem visual, à qual vincular-se-á com facilidade, o objeto, a imagem sonora com base na palavra, possui um papel organizador rico em fantasias e em associação de idéias. A coisa é, com evidência, rica em analogias e deslocamentos, ao passo que a palavra remete, mais firmemente, aos sentidos e às sínteses, às

---

[235] DEBORD, G., *La Societé du spectable*, Paris, Gallimard, 1992.
[236] BIRMAN, J., *Mal-Estar na Atualidade*, Ed. Civilização Brasileira, RJ, 1999, p. 247.
[237] EIGUER, A., *A Transmissão Psíquica entre as Gerações*, Ed. Escuta, SP, 1996, pp. 26-27.

relações sintagmáticas e paradigmáticas, dito de outra maneira, ao que une e, ao mesmo tempo, ao que cria uma ruptura. Se não há muitas palavras a serem trocadas entre pais e filhos, em contraponto à supervalorização do virtual e do estético, surge também o empobrecimento afetivo.

A queixa que leva Carolina ao psicólogo diz respeito a um sintoma que, sem dúvida, refere-se especialmente à sua dinâmica intrapsíquica, mas que, certamente, está apoiada na história da família e de algo transmitido, mas não dito de geração para geração. Como Carolina, podemos observar os adolescentes apresentados como exemplo nos casos clínicos visivelmente apáticos e acomodados. O conflito de gerações, tão propalado nas décadas anteriores, tem surgido como uma espécie de resistência à ação e quebra de barreiras. Muitos destes jovens são filhos desta geração que os pais de Carolina ilustram: ex-idealistas politizados, adolescentes combativos e questionadores das normas e padrões estabelecidos.

Assim como pensam vários autores, Blos (1996) observa a adolescência como um fenômeno que não acontece num vácuo social, pois é *um fenômeno social* [238] com a tarefa de buscar novas matrizes vinculares no contexto mais amplo da sociedade:

> "A intimidade pessoal e os laços emocionais tornaram-se uma questão de escolha e preocupação particular, complementando assim as impessoais, mas essenciais e significativas afiliações e identificações, desafiliações e contra-identificações com as instituições sociais e suas funções executivas"[239].

Do invólucro familiar, a criança na adolescência passa para o social e, nesta transição, surgem respostas afetivas a assuntos morais, sociais e ideológicos. Com a queda na tradição da vida familiar,

---

[238] Grifo meu.
[239] BLOS, P., *Transição Adolescente,* Ed. Artes Médicas, Porto Alegre, 1996, p. 141.

os pais tendem a acreditar cada vez mais no excesso de conselhos públicos que a mídia faz entrar em suas casas[240].

A tradição foi substituída pelo *expert*, que oferece respostas aos problemas cotidianos. Surge uma espécie de "terceirização" das funções materna e paterna. A mídia tem ditado as regras, com especial *glamourização* do consumo e da estética. O adulto perdido diante das normas educacionais especializadas, bem como das pressões ao consumo, começa a apresentar uma dúvida quanto aos limites e valores pessoais a serem transmitidos aos filhos.

Em verdade, estes pais podem ignorar, segundo o autor, que tensão e antagonismo entre as gerações caracterizam a relação pais-adolescentes. Evitar o conflito pode acabar comprometendo o desenvolvimento dos jovens. Blos entende o conflito de gerações como um "grito por amadurecimento" e é, portanto, inevitável[241]. O autor também observa esta dinâmica, especialmente nos jovens de classe média. Há uma incessante estimulação sensorial (tv, rádio, som, internet e drogas) que reduz a capacidade para a introspecção e ao contato com fantasias pessoais, imaginação e mesmo às idéias e emoções. Ocorre o distanciamento cada vez maior entre o desenvolvimento biológico da puberdade e o amadurecimento psicológico.

Paralelo a isto, estão os adultos a cada dia tentando aparentar menos idade do que tem, como resultado de uma sociedade que *glamouriza* a juventude:

> "A rejeição violenta por parte do jovem adolescente de sua condição parcial de criança encontra seu complemento no terror do adulto de deixar sua juventude para trás. Neste sentido, o adolescente está certo quando diz que os adultos querem se apropriar de suas coisas"[242].

---

[240] *Op. cit.*, p. 139.
[241] *Op.cit.*, p. 140.
[242] *Op. cit.*, p. 141.

Qual afinal o lugar do jovem adolescente, tão resistente à combatividade de seus pais?

Considerando as discussões sobre *Transmissão psíquica*, este comportamento dos jovens manifestaria sintomas que dizem respeito não só à herança familiar trans e intergeracional, mas também podem denunciar valores e referenciais sociais. Na visão de Calligaris no artigo citado sobre Conflito de Gerações:

> "O adolescente moderno, para justificar e mostrar que tem um jeito próprio de gozar a vida, é obrigado a renunciar aos prazeres sugeridos e praticados pelos pais. Uma atitude que custa caro aos jovens. Aparece, assim, freqüentemente, um quadro familiar quase cômico, em que os adolescentes deprimidos, inativos e sarcásticos desprezam adultos que se agitam com entusiasmo, inventando e propondo programas que são, de fato, estereótipos de um adolescente invejável"[243].

A história da família burguesa, como já foi levantado, envolveu a ascensão da autoridade privada, tornando a família o lugar das relações íntimas, numa espécie de microcosmo privado. A autoridade sobre as relações entre pais e filhos ficava limitada exclusivamente aos pais e à conquista da individualidade passa a implicar, basicamente, na introjeção destas normas parentais, inseridas como um microcosmo da sociedade. Com o desenvolvimento do capitalismo, algumas mudanças sociais interferiram neste modelo. Algumas pesquisas nos Estados Unidos apresentam dados de convivência social entre pais e filhos não maiores que vinte minutos diários[244]. A família tem se tornado, cada vez mais, uma unidade de consumo. Refletindo sobre esta questão, Lasch (1986)[245] aponta que esta nova ideologia que acabou por submeter as relações entre pais e filhos à

---

[243] CALLIGARIS, C., *op. cit.*, *in Folha de S. Paulo*, 16/8/2001.
[244] STRASSBURGUER, V., *Os Adolescentes e a Mídia*, Ed. Artes Médicas, Porto Alegre, 1999, p. 77-78.
[245] LASCH, C., *O mínimo Eu*, Ed. Brasiliense, SP, 1986, pp. 89-90.

supervisão de terceiros (escolas, especialistas, etc.) alterando as figuras de autoridade e o equilíbrio de forças então existentes no modelo burguês de família. De modo geral, podemos dizer que o surgimento desta *cultura de consumo*[246] tem debilitado a própria capacidade das pessoas em discriminar fantasia de realidade, já que, como num caleidoscópio, a todo momento surge alguma novidade que desperte uma outra exigência. O reconhecimento na sociedade moderna de um desejo implícito de um mundo sem leis é apontado por Enriquez (1990)[247]. Seguindo este raciocínio, Joel Birman (1999) reconhece a necessidade de se considerar que:

"A homogeneidade sem diferenças, característica das massas na modernidade é a contrapartida da racionalização das práticas sociais e da burocratização das instituições. Estas últimas formas do ser do social tem o poder de homogeneizar as diferenças subjetivas e apagar os emblemas distintivos das individualidades. A sociedade moderna construiu poderosos instrumentos para perverter os corpos e os sujeitos, transformando-os em corpos dóceis e em subjetividades passivas, o que impede a constituição do sujeito à diferença"[248].

A chamada indústria de propaganda acabou por debilitar ainda mais a autoridade dos pais, com a conseqüente *glorificação*[249] da juventude. Esta glorificação, a meu ver, camufla ainda mais a noção da temporalidade e dos limites, exigindo a eterna juventude também aos adultos. Ser jovem passa a ser um estilo de vida e um referencial estético. Instaura-se aí um distanciamento entre este lugar ideal que ocupa os jovens nas fantasias dos adultos e as turbulentas vivências da adolescência com todas as suas implicações no outro lado. Se não

---

[246] Grifo da autora.
[247] ENRIQUEZ, E., *Da Horda ao Estado, op. cit.*, p. 215.
[248] BIRMAN, J., *Mal-Estar na Atualidade,* Ed. Civilização Brasileira, SP, 1999, pp. 265-266.
[249] Grifo meu, baseando-se nas discussões apresentadas.

há escuta para seu sofrimento, resta a contemplação e a passividade. Conflito e sofrimento são palavras proibidas no mundo atual. O paraíso das delícias vem como promessa.

É possível que gerações anteriores, especialmente as dos anos 1960 e 1970, ao combater o autoritarismo presente nos sistemas políticos, tenham associado limite e autoridade como sinônimo de algo impeditivo e repressor, inibindo, assim a criatividade, a crítica e a livre expressão. Viver e criar, portanto, ficam associados à livre expressão. Assim, combater e questionar as regras pode ter sido incorporado, nos adultos daquela geração, como a grande motivação para se construir uma nova sociedade. Os limites e as normas estabelecidas ficam naquilo que seria "velho" e conservador. Surge, então, uma armadilha, na qual os valores da sociedade capitalista promovem a idéia de beleza e felicidade, ideais de juventude dos pais modernos. O contraponto ao estabelecido se manifesta no jovem de hoje, talvez, na atitude passiva ou às vezes acomodada diante das questões já incansavelmente discutidas nas gerações anteriores. O resgate de valores tradicionais também poderá ser uma forma de manifestação combativa, mas pacífica de se estabelecer a diferença para a conquista da individualidade.

Esta concepção poderia estar subjacente a este contraste: pais ativos, filhos acomodados. Ademais, a força dos meios de comunicação e o enfraquecimento das relações de autoridade no âmbito da família deixam os adolescentes da atualidade como indivíduos muito mais à mercê da realidade capitalista e de seus valores.

Lembrando Calligaris em *Crônicas de um individualismo cotidiano* (1996), *parece haver na juventude uma espécie de aspiração à diferença que, em última instância, se resolve, em sua respeitosa identificação ao que nós gostaríamos de ser*[250].

Olhar, portanto, a adolescência é também observar, de forma intensificada, o conflito presente em toda uma dinâmica social; como se os jovens expressassem os traços menos confessáveis dos adultos, numa espécie de caricatura do mundo contemporâneo.

---

[250] CALLIGARIS, C., *Crônicas do Individualismo Cotidiano*, Ed. Ática, SP, 1996, p. 228.

CAPÍTULO IV
O adolescente e a contemporaneidade

O corpo na contemporaneidade

A recente valorização da questão corporal como lugar de observação privilegiado problematiza o discurso moderno, atento ao corpo que produz a serviço do capital. Isto se contrapõe ao *silêncio corporal*[251], imposto pelas injunções da sociedade cristã que glorifica a estética da alma e não do corpo (Villaça, 1999). Pelo aparato moral do capitalismo burguês, a condenação aos prazeres morais vem enfraquecendo consideravelmente. Ao mesmo tempo, há uma ênfase ao consumismo:

> "As conseqüências do pós-industrialismo e do pós-fordismo são, portanto, importantes, importantes no sentido de embaralhar as noções do controle instintual via estratégias disciplinares e a correlata oposição a tal comportamento que

---
[251] VILLAÇA, N. , *Em Pauta: Globalização e Novas Tecnologias,* Ed. Mauad, CNPQ, RJ, 1999, p. 26.

seguia paralela no período moderno. À sociedade de produção segue-se a do consumo, onde a percepção do corpo é dominada pela existência de uma vasta gama de imagens que propõem de representação corporal"[252].

Assim, o corpo da sociedade industrial, instrumento da produção, lugar de disciplina e controle, agora se destina a ser objeto da fabricação incessante de serviços e desejos. Esta concepção contrasta com a idéia de um corpo subjetivado, já que os sinais das disposições e esquemas classificatórios que revelam as origens e a trajetória de vida de uma pessoa manifestam-se na forma do corpo, altura, peso, postura, andar, conduta, tom de voz, estilo de falar, senso de desembaraço ou desconforto em relação ao próprio corpo (Bourdieu, 1984)[253]. Vivemos contemporaneamente um embate entre o local e o global, entre o concreto e o abstrato, cuja resolução, na maioria das vezes, surge por processos que estimulam a mistura, a indiferenciação[254]. Há uma espécie de geopolítica sem fronteiras, na qual a perda da privacidade e a falta de limites entre público e privado acontecem mesmo na intimidade doméstica até nas relações políticas mais abrangentes. As câmeras de circuito fechado, os processos de controle de identificação nas portarias, a TV via satélite, a internet, os *hackers* seriam alguns dos principais exemplos desta mudança nas relações espaço/tempo.

Há uma relação entre corpo e estrutura social. Para Mary Douglas (1966), o corpo dá apoio à definição de qualquer sistema e seus limites podem representar fronteiras precárias ou ameaçadas[255]. O corpo pode ser visto, então, como símbolo da sociedade e para ver nele reproduzidos, numa escala menor, os perigos creditados à estrutura social.

---

[252] *Op. cit.*, p. 26.
[253] BOURDIEU, P., *Distination: a social critique of the judgement of Taste,* Cambridge, Harvard, University Press, 1984, *apud* Villaça, *op. cit.*, p. 26.
[254] VILLAÇA, N., *op.cit.*, p. 35.
[255] DOUGLAS, M., *Purity and Danger,* Baltimore, Penguim, p. 138, *apud* Villaça, *op.cit.*, p. 48.

A tecnologia abre novas concepções de máquina e organismo, antes considerados como textos *codificados*, substitutos do jogo de escrever e ver o mundo. Hoje, as fronteiras se confundem entre o natural e o artificial, corpo e mente, autodesenvolvimento e projeto exterior. Lembrando *cyborg*, Villaça pensa a sociedade pós-moderna na discussão sobre a cultura primitiva do organismo biológico e dos fundamentos ontológicos da epistemologia ocidental:

> "Em meio à discussão entre humanismo e pós-humanismo, perguntamo-nos se a tão aludida valorização do corpo no rompimento de seus limites o libera realmente ou se apenas vivemos tempos de hiperbolização das disciplinas foucaultianas[256], transformando-nos em pós-corpos"[257].

Durante a época clássica houve uma descoberta do corpo como objeto e alvo de poder. O corpo manipulado, modelado, treinado, obediente e passivo. Para o autor, em qualquer sociedade, o corpo está preso no interior de poderes que o apertam, impondo limitações, proibições e obrigações.

Fica a questão sobre o que haveria, então, de novidade sobre o lugar do corpo desde meados do século XVIII até os dias de hoje?

Numa analogia interessante, Foucault coloca o corpo humano numa maquinaria de poder que o esquadrinha, o desarticula e o recompõe, em uma anatomia política que é também uma "mecânica de poder". Esta mecânica define como se tem domínio sobre o corpo dos outros. Há toda uma disciplina que fabrica *corpos submissos e dóceis* (Foucault, 1966)[258]. Foucault traz nas experiências em presídios, conventos ou no exército, os exemplos claros desta dinâmica.

---

[256] Michel Foucault, em *Vigiar e Punir* (Ed. Vozes, 1987), dedica um capítulo para tratar dos chamados *Corpos Dóceis*, lembrando que, no início do século XVIII, era descrita a figura de um soldado tendo o seu corpo como o brasão da valentia. Já na segunda metade do século XVIII, o soldado torna-se uma espécie de *máquina necessária*.
O autor fala, então, do corpo que sofre a coação tornando-se automatizado e disponível.
[257] VILLAÇA, N., *op.cit.*, p.54.
[258] FOUCAULT, M., *Vigiar e Punir, op. cit.*, p. 119.

Outra imagem interessante, o chamado *body horror* é o tipo de cinema que combina diversas narrativas, tais como ficção científica, horror e suspense, a fim de montar o corpo humano desfamiliarizado, tornado outro. Acaba por inspirar um duplo de repugnância e prazer por meio de representações quase humanas ou pós-humanas. Exemplos seriam os filmes "Rábido" (1987), de David Cronenberg; "Alien" (1979), de Ridley Scott; "Minority Report" (Steven Spielberg) e o já citado "Blade Runner":

> "O corpo pós-humano é causa e efeito das relações pós-modernas de poder e prazer, virtualidade e realidade, sexo e suas conseqüências. O corpo pós-humano é uma tecnologia, uma tela, uma imagem projetada; é um corpo sob o signo da AIDS, um corpo contaminado, um *tecnobody*". (Villaça, 1999)[259].

As cirurgias plásticas estéticas, assim como na ficção científica, parecem alterar a forma e a expressão do corpo e do rosto, trazendo às pessoas uma nova proposta de beleza nem sempre harmônica. Uma espécie de caricatura da "beleza construída" de Michael Jackson tornou-se um símbolo desta nova concepção de perfeição.

" Antes de apelar para o silicone, experimente o plástico"
(Revista *Caras*, 2003)[260]

Falamos de uma espécie de desmaterialização do corpo, do apelo ao grotesco, de formas híbridas e protéticas. Estas manifestações talvez representem uma quebra de limites da espacialidade corporal, fruto da modernidade. Na experiência clínica, é visível o aumento no número de cirurgias plásticas por motivos estéticos em adolescentes e adultos jovens. Lipoaspirações, implantes de silicone nos seios, diminuição de volume das mamas parecem, hoje, incorporadas à rotina e ao cuidado pessoal.

---

[259] VILLAÇA, N., *op.cit.*, p. 55.
[260] Matéria publicitária da marca Grendene, na qual se vê a imagem de uma menina/boneca vestindo uma sandália de plástico. (Revista *Caras*, Edição 500, Ano 10, nº 19 de 9/5/2003.

Pensando nas tendências e nos modismos como referências importantes no mundo do consumo, Villaça (2000) recria conceitos de verdade, bem e belo, fabricando *selfs* performáticos, sugerindo comportamentos e atitudes, oferecendo-se como arquivo e vitrine do *ser/parecer*[261]. Na utopia do corpo virtual, este se torna veículo para a indústria de celebridades que expõem seus corpos perfeitos publicamente, representantes da eterna juventude:

"Dentro da perspectiva da saúde perfeita, não está previsto um lugar para a causalidade, um lugar onde o sujeito desejante possa falar e ter seu desejo reconhecido. O ideal proposto é viver para a saúde e não perguntar ao sujeito o que ele quer. A questão de como cada sujeito quer viver sua vida é posta de lado[262]."

A estetização geral é um conceito desenvolvido por Terry Eagleton[263]. Esta idéia, para o autor, representa um processo de alienação, véu lançado pelo jogo de poder para manter a distinção das classes por meio das aparências.

A moda deixa de ser proposta, e parece estar associada hoje em dia a tornar-se uma prótese na linha do fetiche. Em vez de corrigir, expressar ou valorizar o corpo, ela o anula. É como se o sapato substituísse os pés, a *lingerie* substituísse o corpo e assim por diante. Baudrillard[264] interpreta a moda como impeditiva da expressão do desejo, da mesma forma que o desenho como controle do corpo. Fala-se do fetiche como *substituição* do corpo, anulação e *coisificação*. Neste raciocínio levantado por Baudrillard, o corpo passa a ser vítima da moda. Os desfiles de moda, expondo mulheres esquálidas com andar robotizado e olhar frio, podem ilustrar esta idéia.

---

[261] VILLAÇA, N. , *op.cit*. p. 57.
[262] BETTS, J., *Parecer ou Não Ser, eis a questão*, in "Seminários Espetaculares", Casa de Cultura Mário Quintana, Porto Alegre, 2002, p. 147.
[263] EAGLETON, T., *A ideologia da Estética*, Ed. Jorge Zahar, RJ, 1993, pp. 264-300, *apud* Villaça, *op. cit*., p. 58.
[264] BAUDRILLARD, J., *L'échange Simbolique et la Mort*, Paris, Gallimard, *apud* Villaça, *op. cit.,* p. 67.

Na tentativa de dominar a força pulsional, o corpo tenta se remanejar a todo momento. Freud, ao descrever o desenvolvimento psicossexual e as relações de objeto da chamada fase oral, trouxe a idéia de *incorporação* (desde 1905), associada aos processos de introjeção e identificação[265]. *Incorporar* leva a uma noção primitiva de assimilação que, para Birman (1999), envolve a *pulsão de tomar o corpo literalmente, encarnar-se*[266].

Vale lembrar Freud, em 1915, ao escrever *O Instinto e suas Vicissitudes*. Seguindo a dinâmica do narcisismo, neste trabalho foi apresentada a importância e a força das pulsões, em busca de sua gratificação, em princípio no auto-erotismo:

> "Acostumamo-nos a denominar narcisismo à fase precoce do Eu durante a qual satisfazem-se auto-eroticamente seus instintos sexuais, sem entrarmos, por enquanto, na discussão das relações entre auto-erotismo e narcisismo. Desta forma diremos que a fase preliminar do instinto de contemplação, na qual o prazer visual tem como objeto o próprio corpo, pertence ao narcisismo e é uma narcisista. Dela destaca-se que o instinto ativo de contemplação conservaria o objetivo narcisista. Igualmente, a transformação do sadismo em masoquismo significa um retorno ao objetivo narcisista, enquanto o sujeito narcisista é substituído, em ambos os casos, por identificação com o outro Eu alheio" [267].

O processo de incorporação ou *ingestão*, como Freud (1915) relata, seria uma modalidade de amor que suprime a existência particular do objeto. Interligando este processo ao desenvolvimento psíquico e à repressão, Birman (1999)[268] lembra da importância do Outro para a constituição do sujeito e para a organização do psiquismo.

---

[265] Veja conceito de identificação já apresentado.
[266] BIRMAN, J., *op. cit.*, pp. 64-65.
[267] FREUD, S., (1915), *O Instinto e suas Vicissitudes*, *op. cit.*, vol. I, p. 155.
[268] BIRMAN, J., *op. cit.*, p. 69.

A representação do corpo e a imagem corporal dependem intrinsecamente deste processo, que cria marcas fundamentais no mundo psíquico, já desde os primeiros momentos da vida. Freud considera o movimento do Eu ao mundo exterior, recebendo deste os estímulos, reagindo a eles ativamente. Este movimento, em princípio auto-erótico e indiferenciado, traz, gradativamente, relações entre o Eu e o objeto, decorrentes das sensações prazer/desprazer:

> "Quando o objeto se torna fonte de sensações de prazer, surge uma tendência motora, que aspira a aproximá-lo e incorporá-lo ao Eu. Falamos, então da atração exercida pelo objeto produtor de prazer e dizemos que o amamos. Inversamente, quando o objeto é fonte de desprazer, nasce uma tendência que aspira a aumentar sua distância do Eu, repetindo com ele a primitiva tentativa de fuga perante o mundo exterior emissor de estímulos"[269].

Birman (1999) reforça o princípio de que os diferentes registros do corpo provêm dos diversos níveis de organização da subjetividade: *O enredamento entre corpo e sujeito é de tal ordem, que se constituem diversos corpos-sujeito em diferentes níveis de organização de ser, impossíveis de serem pensados na hipótese de um sujeito desencarnado*[270].

O exemplo de Fê, 18 anos, ilustra esta reflexão: estudante de comunicação, há cerca de um ano perdeu sua mãe inesperadamente. Desde então, Fê apresenta sinais de luto intensos, com crises de choro, sensação de abandono e alguns sintomas fóbicos, com crises de ansiedade, em ambientes abertos e públicos. Na tentativa de *superar (sic)* o sofrimento, submete-se a sessões diárias de ginástica, cosmiatrias e outros tratamentos estéticos para não *parecer caída*

---

[269] FREUD, S., (1915), *op. cit.*, p. 159.
[270] BIRMAN, J., *op. cit.*, p. 64.

(sic). Seu pai a encaminhou ao psiquiatra que lhe receitou antidepressivo e diazepínicos, para *que se equilibre (sic)*. A ansiedade da paciente diante de sua tristeza é muito intensa, como se estes sentimentos não pudessem fazer parte de sua vida. Lembrando que sem descartar as questões familiares e intrapsíquicas, Fê é um retrato do jovem absorvido pelos valores da sociedade moderna. Seu corpo não pode expressar suas fraquezas, sua humanidade. Todo um aparato de especialistas, a seu redor, tentam fazê-la incondicionalmente *feliz*.

Surge um novo modo de pensar (Geração *Zapping*?)

Dentro de um novo contexto social, um outro modelo de juventude também parece se instaurar. A família e as relações familiares, também numa nova conformação, trazem outros referenciais ao adolescente. Não advém mais, necessariamente, dos pais os modelos e o conjunto do saber. A figura paterna hoje está mais diluída. Enriquez[271] considera este enfraquecimento associado à incapacidade destes se situarem no lugar da lei e de, conseqüentemente, desempenharem seu papel de *interdição* e de pólo de *identificação*[272]. A criança e o jovem da atualidade têm aprendido pelos meios de comunicação de massa, por seu grupo de companheiros e por sua experiência pessoal. Também a escola tem deixado de exercer o papel de grande educadora[273]; se o capitalismo valoriza uma relação clientelista, visando

---

[271] ENRIQUEZ, E., *op. cit.*, p. 214.
[272] Grifo do autor.
[273] Ariès, 1981, em seu livro *História Social da Criança e da Família* (*op. cit.*), coloca a disciplina como grande referência na escola da Idade Média, que teve sua origem na tradição religiosa, com vistas ao aperfeiçoamento moral e espiritual. Este chamado *ancienrégime* se traduzia por uma maior vigilância interna e tenderia a impor às famílias o respeito pelo ciclo escolar integral (p.191). No século XIX, surgem com maior intensidade os internatos e liceus, assim como pequenos seminários religiosos, numa dinâmica disciplinar rigorosa e efetiva.

ao lucro e estimulando o consumo, ficam os alunos das escolas e faculdades privadas, em sua maioria, atendidos sob esta perspectiva. A proposta de satisfação imediata estende-se na relação família/escola, e a livre concorrência do mercado, direta ou indiretamente, autoriza as instituições a oferecerem aos pais os instrumentos para este nível de gratificação. É possível observar, em alguns visíveis casos, a tendência de um *modus operandi* empresarial por parte, inclusive, de algumas instituições educacionais, voltadas primordialmente ao lucro e aos investimentos que garantam o menor número possível de evasão dos alunos. Em consonância às idéias de Peter Blos[274], esta gradual e radical queda da tradição da vida familiar – com reflexos na educação, nutrição, hábitos e preceitos morais – leva os pais a acreditarem, cada vez mais, nas recomendações públicas que a mídia faz entrar nos lares. A tradição fica, então, substituída, pelos especialistas que oferecem as respostas para os problemas cotidianos. Isto favorece ainda mais o enfraquecimento da autoridade dos pais, abdicando muitas vezes de suas próprias convicções em favor de escolhas feitas por tais *experts*.

Na clínica, observa-se a dificuldade dos pais em assumirem uma posição de autoridade. Esta questão vem, muitas vezes, justificada por compromissos profissionais e o conseqüente sentimento de culpa em decorrência do afastamento do convívio diário. Gilberto Dimenstein, no artigo *Como é difícil ser pai*[275], reconhece que há uma crise na função paterna, fruto dentre outras razões de uma maior dificuldade na administração financeira do lar, bem como em assumir a nova atribuição, hoje valorizada, em assumir cargos efetivos:

"Até há pouco tempo, educar os filhos era tarefa da mãe, trancada em casa. Hoje o pai é cercado de culpas por não seguir os conselhos dos psicólogos e psicopedagogos sobre a

---

[274] BLOS, P., *op.cit.*, 139.
[275] DIMENSTEIN, G., *Como é difícil ser pai*, artigo publicado pela *Folha de São Paulo*, ano 83, n° 27.157, de 10.08.2003.

importância da presença paterna. Como pai e mãe trabalham (e ganham menos), ambos chegam à noite, estressados, ligam a TV e dormem."

Estes fatores, aliados ao forte acesso aos meios de comunicação, especialmente à TV e à internet, têm levado algumas pesquisas a entenderem o comportamento dos jovens a partir destes novos referenciais. Alguns exemplos podem ilustrar esta nova conformidade: pesquisas na América do Norte apontam que jovens assistem 22 horas semanais de TV, segundo Nielsen Media Research[276] (1993). Em 98% dos lares americanos existe, pelo menos, um aparelho de TV. Mais lares têm aparelhos de TV do que encanamentos. Pesquisa da Harris e Associados (1987) detectou que 81% da população reconhecem que a TV influencia valores e comportamentos[277].

A força e o poder de penetração da mídia na atualidade permitem observá-la com características conceitualmente institucionais. Para Abbagnanno[278], Instituição pode ser entendida como *um conjunto de normas que regulam a ação social*[279]. Autores como Lapassande definem as instituições dentro de um sistema social, vinculando o conceito dentro de um contexto político. O conjunto do que está *instituído* vincula-se à idéia de Instituição[280], uma forma geral das relações sociais. A relação entre ideologia e instituição também se faz presente, considerando que todas as mediações institucionais penetram toda a sociedade e determinam suas opções, preferências, rejeições e aspirações[281]. O controle ideológico provoca o que o autor chama de *desconhecimento social*[282], fruto de meca-

---

[276] Pesquisa apresentada no livro intitulado *Os Adolescentes e a Mídia*, Victor Strasburger, Ed. Artes Médicas, Porto Alegre, 1999, p. 14.
[277] Pesquisa apresentada na obra intitulada *Os Adolescentes e a Mídia, op. cit.*, p. 15.
[278] ABBAGNANO, N., *Dicionário de Filosofia*, Ed. Martins Fontes, SP, 2000, p. 556.
[279] O autor refere este conceito vinculado às idéias de Durkheim.
[280] LAPASSANDE, G., *Grupos, Organizações e Instituições*, Ed. Francisco Alves, RJ, 1977, *apud Psicologia Institucional*, Marlene Guirado, E.P.U., 1987, p. 29.
[281] *Op. cit.*,p. 32.
[282] Grifo da autora.

nismos que interferem na educação, informação e cultura. O texto em questão levanta a importante ação do Estado sobre o pensamento e ideologia coletivos.

No mundo globalizado, porém, a ação do Estado também fica submetida aos determinantes ideológicos de um sistema mais amplo, que acabam por enfraquecer a soberania dos Estados-Nação. Os meios de comunicação tornam-se reféns dos interesses econômicos, atingindo as massas como os grandes veículos de transmissão ideológica para todo o planeta.

O *Brazilian Teenager go global* (2001)[283] constatou que 84% dos jovens brasileiros têm como atividade mais freqüente ver televisão. No Brasil, o dossiê *Universo Jovem* (2001)[284], elaborado pela MTV, reconhece que a TV é o meio mais presente como referência de informação, para além do rádio, jornais, revistas e internet. A pesquisa foi elaborada com jovens de classe média, entre 15 e 19 anos.

McLuahan (1989), quando pensava no século que viria, já em 1989 reconhecia a importância da informação como um dos fortes instrumentos de poder:

> "No próximo século, mais e mais pessoas entrarão no mercado de informações, perderão suas identidades privadas neste processo, mas irão emergir com capacidade para interagir com qualquer pessoa do globo. O satélite será usado como o mais importante instrumento mundial de propaganda na guerra pelos corações e mentes dos seres humanos"[285].

No âmbito da aldeia global, diz Ianni[286] que a mídia eletrônica prevalece como o poderoso instrumento de comunicação, informa-

---

[283] Pesquisa apresentada na *Revista Isto É*, n° 1.659, de 18.07.2001, elaborada por "Jaime Troiano Pesquisa de Marca".
[284] Dados recolhidos por pesquisa elaborada pela MTV (2001), recolhida pela internet, endereço eletrônico www.mtv.com.br.
[285] MCLUAHAN, M., & BRUCE, R., *The Global Village*, Oxford University Press, New York, p. 118, *apud* Ianni, O. *Teorias da Globalização*, Ed. Civilização Brasileira, RJ, 1999, p. 120.
[286] IANNI, O., *op. cit.*,pp. 120-121.

ção, compreensão, explicação e imaginação sobre o que vai pelo mundo. Juntamente com a imprensa, a mídia eletrônica passa a desempenhar o singular papel de intelectual orgânico dos centros mundiais do poder, dos grupos dirigentes e das classes dominantes, articulados, portanto, às organizações e empresas transacionais predominantes nas relações, nos processos e nas estruturas de dominação política e apropriação econômica. A mídia opera em consonância com centros de poder de alcance mundial e, portanto, transmite e/ou divulga os ideais e princípios deste sistema.

Nesta dinâmica, a indústria cultural também adquiriu alcance global, fazendo de cada indivíduo um consumidor em potencial, elo de múltiplas redes de comunicação, informação, entretenimento e catarse. O principal tecido desta aldeia global é o mercado, no sentido de que tudo tende a ser mercantilizado, produzido e consumido como mercadoria.

A TV pode oferecer *scripts* sobre os papéis sociais, gênero, gratificação social, sexual, lazer, resolução de conflito, valores, etc. O Relatório de 1988 (Steenland)[287] examinou mais de duzentos episódios de programas para adolescentes e constatou que a aparência dos adolescentes é exibida como mais importante do que sua inteligência; meninas inteligentes são exibidas como socialmente desajustadas; as adolescentes são mais passivas que seus colegas do sexo masculino; freqüentemente a TV retrata o jovem como obcecado por compras, arrumação pessoal, muito voltado para a vida amorosa e pouco interessado nas conversas sérias que envolvam questões existenciais, acadêmicas ou profissionais.

O chamado *Dossiê Universo Jovem* (2001), elaborado pela MTV do Brasil, vê o fortalecimento dos meios de comunicação como um processo gradativo. O capitalismo e as relações de consumo têm gerado também uma tendência à banalização da posse material, pois esses meios (tais como TV, computador, equipamentos de som e

---

[287] Relatório sobre o título *Growing up in the prime time: analyses of adolescent girls on television*, Steeland, S., Washington D.C., National Comission on Working Women, 1988 *in Os Adolescentes e a Mídia*, p. 25.

vídeo) acabam assimilados como móveis e utensílios da casa[288]. Levantou ainda que para os jovens de hoje importa menos *onde* as informações são obtidas, contanto que *sejam vistas*. Como pensa e reage o jovem diante destes estímulos? O receptor recorta a informação, passando a apreendê-la de um jeito particular: 73% concordam que mudam de canal mesmo no meio de algum programa. Outro dado relevante refere ao fato de os jovens usarem a TV quando executam também outras atividades, tais como: ler, estudar ou telefonar ou até ouvir música. A rapidez e a fragmentação da informação são incorporadas ao cotidiano desta geração, e o mergulho não se dá no meio, mas *entre* os meios. Valoriza-se a narrativa curta, com significado quase imediato. Há ao mesmo tempo uma aceleração do tempo, aliada à fragmentação do espaço. A TV é considerada ao mesmo tempo invisível e onipresente, pois acaba sendo presença, mesmo que coadjuvante nos bares, restaurantes, no intervalo da escola, em vários ambientes da casa, etc. É o jovem que capta a informação, com seus mergulhos nos diferentes campos de informação, quem vai construir o significado no fluxo destas informações. A propaganda também é considerada entretenimento, informação e modo de pensar[289].

Os referidos pesquisadores definiram este comportamento em analogia com o *zapping*, expressão idiomática em inglês ligada ao ato de mudar o canal da TV constantemente.

Cristina, de 16 anos, relata não conseguir estudar, ou mesmo jantar sem estar com a TV ligada *mesmo que seja para fazer barulho (sic)*. Seus pais são médicos e, por ser filha única, diz passar a maior parte do dia sozinha em casa. É também o caso de Renato, 15 anos, também filho único de pais separados, que diz passar praticamente o dia todo na internet, com a TV ligada ao mesmo tempo. Fazer os deveres da escola, comer, assistir à TV ou ouvir música são

---

[288] Dados obtidos em pesquisa realizada pela MTV, 2001, colhida pela internet, endereço eletrônico www.mtv.com.br
[289] Idem, pesquisa MTV.

atividades, na maioria das vezes, praticadas simultaneamente, segundo relatos destes e de outros pacientes.

Seguindo este raciocínio, pensa-se no *zapping* associado a uma operação simultânea de sentidos, característica, portanto, que vem sendo observada mais intensamente nos jovens. Os mais velhos apresentam necessidade maior em "alternar" os meios, porque a simultaneidade é vivida como "estressante"[290]. É possível que a informação imediata seja mais importante do que as articulações e fundamentos ligados a ela. *Tá ligado?* é uma expressão bastante ouvida atualmente, usada por este grupo de pessoas que não chegou a conhecer o mundo antes do computador. São visíveis a rapidez e destreza em localizar e selecionar as informações, bem como esta agilidade em *zapear* o mundo, coletando os mais diversos dados, nas diferentes fontes, simultaneamente, na maioria das vezes.

Nesta linha de observação, estabelecem os jovens uma forma singular de vínculo com o mundo: suas referências são de curta duração também pela necessidade de se diferenciar do "que todo mundo faz". Assim o modismo e o culto aos ídolos deixam de ser ideário de uma geração, passando a ser estes apenas objetos de diversão pura e simples. A expressão *ídolo de uma geração* pode não fazer mais sentido. A idéia do *ídolo* como símbolo ideológico ou modelo de identificação parece mais ligada a décadas anteriores. Também na pesquisa MTV[291], constatou-se que o jovem de hoje é infiel a seus ídolos já que não há neles o representante dos ideais de seu público. Os jovens parecem mais voltados a tê-los como simples diversão e modismo passageiro. O entretenimento é descartável e, como tal, passa rápido.

O *surfista* poderá ser *punk*[292] no próximo fim de semana, alterando rapidamente seus hábitos, pôsteres porventura afixados na

---

[290] Idem, pesquisa MTV.
[291] Ibidem, pesquisa MTV.
[292] *Surfista* é o termo empregado a quem pratica o esporte *"surf"*; *Punk* é um movimento que surgiu na Inglaterra, no fim dos anos 1970, pregando a contracultura, a quebra de valores e a apologia ao não-convencional.

parede, estilos musicais preferidos, locais que freqüenta, etc. Não há caráter definitivo nestes estilos.

O mesmo ocorre com relação às drogas: na geração dos anos 1960/70, por exemplo, o uso de drogas freqüentemente estava associado à contestação e aos ideais de liberdade de expressão. Atualmente, a droga é mais um objeto de consumo, voltado ao prazer mais pragmático e objetivo.

Lasch (1986) reconhece este momento como resultante de uma espécie de *cultura do consumo*, que acaba por debilitar a própria capacidade dos indivíduos em discriminar fantasia de realidade, já que, como num caleidoscópio, surge a todo momento uma novidade que desperte uma nova necessidade[293].

Cada indivíduo nesta sociedade parece ser elo de múltiplas redes de comunicação, informação, interpretação, divertimento aflição, evasão. Os movimentos e centros de emissão estão dispersos desterritorializados pelo mundo afora. Ianni traduz esta idéia da seguinte forma:

> "No âmbito da sociedade mundial em formação, quando se revelam cada vez mais numerosos e generalizados os sinais da globalização, também multiplicam-se os pastiches, os simulacros e as virtualidades" (...) "Seus elementos compreendem as relações, os processos e as estruturas de dominação política e de apropriação econômica que se desenvolvem além de qualquer fronteira, desterritorializando coisas, gentes e idéias, realidades e imaginários"[294].

Esta geração cria uma nova forma de pensar a partir da síntese dos vários dados coletados de forma imediata, veloz e simultânea. (*Zapping*). O *zapping* tipifica a relação intensa, ao mesmo tempo fragmentada e inesgotável que o jovem tem com o mundo.

---

[293] LASCH, C., *op. cit.*, p. 42.
[294] IANNI, O., *op.cit.* pp. 124-125.

Fragmentados os corpos, a informação e as relações, ficam os adolescentes à mercê dos estímulos, sem um tempo para a introspecção e assimilação deste bombardeio de conteúdos. O apelo ao mundo externo é intenso e vem de todos os lados. O vazio e a falta de perspectiva, porém, continuam resistindo a toda esta sociedade espetacular, pregadora da beleza e da felicidade. Elaborar, pensar e criticar são atos humanos que exigem uma postura ativa diante das experiências. O espectador, quando está sempre nesta posição, fica alienado e passivo. A indústria do entretenimento, aliada aos valores do capitalismo, transforma todas as informações em *Show* e, assim, realidade e fantasia se confundem. Neil Postman (1999) vê o excesso de informação levando à impossibilidade de pensar: *Por pensar, entendo ter tempo e motivação para perguntar-me: qual o significado deste acontecimento? Qual é sua história? Quais são as razões disso? Como isto se encaixa no que já sei do mundo?*[295]

O jovem de hoje, por outro lado, poderá estar desenvolvendo um novo modo de pensar, voltado à rapidez da capacidade de detectar a informação e sintetizá-la. Mas, assim como as informações *zapeadas*, sua mente, seu corpo e suas relações podem estar fragmentados, dificultando uma percepção mais apurada e cuidadosa, seja de seus sentimentos, seja das experiências que o mundo tão intensamente tem lhe oferecido.

---

[295] POSTMAN, N., *O desaparecimento da infância*, Ed. Graphia, RJ, 1999, p. 119.

Conclusão

A experiência em consultório trouxe elementos comuns, presentes nos discursos dos diversos pacientes atendidos e impulsionou pesquisar as implicações familiares e sociais nas atitudes e valores dos adolescentes. A dinâmica social cria referenciais que, para Freud, interferem nos processos de identificação e na constituição do psiquismo. A transição adolescente surge como um fenômeno recente, fruto das transformações sociais da cultura ocidental e constrói uma etapa no desenvolvimento que parece turvar-se com a queda dos ritos de passagem. O adolescente também se apresenta mais passivo e sem perspectivas em relação a seu futuro, ou mesmo com pouca motivação para construir sua individualidade, no que se refere à vida pessoal, profissional e familiar. A dificuldade na inserção no mercado de trabalho gera a falta de perspectivas. O mundo capitalista, ao mesmo tempo, enaltece a juventude e parece querer eternizá-la.

Os jovens dos anos 60/70 valorizavam a contraposição e o questionamento aos padrões estabelecidos na busca de uma nova forma social. Estes movimentos se originaram no pós-guerra, liderados pelos estudantes, artistas e intelectuais. Alguns daqueles jovens agora são os pais destes pacientes atendidos. O diálogo entre as gerações, porém, adquire uma tonalidade aparentemente mais branda. Não se observa o embate e o confronto, mas uma aparente acomodação por parte dos jovens de hoje. O acesso à informação, por meio da mídia e da internet, traz uma visível capacidade para captar e articular dados. Nas sessões, por diversas vezes, nota-se com clareza esta habilidade nos assuntos da cultura em geral. A vida social faz uso dos recursos virtuais, ampliando as possibilidades de contato com as pessoas e com o mundo.

A contraposição e o questionamento, observados na postura dos jovens das outras gerações, não são, porém, manifestações visíveis nestes jovens. No conforto de seus lares, parecem questionar e duvidar pouco. O excesso de informação e o intenso contato com novos dados e estímulos não garantem a articulação e elaboração dos conteúdos assimilados. Nos casos apresentados, pôde-se observar falta de parâmetros e poucas perspectivas quanto ao futuro, bem como anseios de se resgatar, de forma um tanto nostálgica, modelos familiares mais conservadores. As múltiplas opções oferecidas não garantem a aprendizagem. A multiplicidade de opções, aliada à diminuição dos ritos de passagem, deixa para cada um de nós a resolução do próprio destino. Se a família patriarcal tem sido substituída pelas escolhas afetivas e o modelo paternalista de vínculo profissional está em franca decadência, cria-se a instabilidade.

O processo de globalização tem diminuído a soberania de cada Estado-Nação, enfraquecendo movimentos institucionais com suas peculiaridades, trazendo paradigmas atrelados às grandes corporações de âmbito mundial. A rapidez dos processos e das mudanças também dificultam a assimilação e geram insegurança. E o mundo capitalista preocupa-se em oferecer soluções para esta questão: por exemplo, nas Universidades de Princeton e Harvard, nas últimas décadas, oferecem-se cursos e pesquisas sobre as implicações da decisão e da escolha na sociedade atual[296]. Enriquez (1990)[297] trata este momento com tom de ironia, pois reconhece que neste clima de individualismo cada um deve tratar sua crise edipiana sem grande apoio da sociedade.

A liberdade e igualdade de direitos, propostos básicos da democracia, têm na prática de hoje em dia matizes de abandono e desamparo. A múltipla escolha e a comunicação imediata e rápida trazem uma fantasia de independência que parece pouco amadurecida. Esta não é uma questão dos adolescentes, mas refere-se à dinâmica deste momento. O impacto nos jovens talvez seja mais visível. Permanece na fantasia de todos, porém, a imagem idealizada de um adolescente com poder de ação e decisão que explicite anseios de toda uma sociedade. Os encargos seriam muitos, já que hoje os desafios são maiores: conquistar a autonomia pessoal e financeira, especialmente na classe média, depende de uma formação profissional consistente e persistente. Os ideais dos adolescentes parecem repletos de incertezas. Milton Santos (2000)[298] reconhece uma pesada onda de conformismo e inação, contaminando os jovens e, até mesmo, uma densa camada de intelectuais. Em entrevista à TV[299], o autor disse acreditar que transformações sociais destes tempos venham das populações excluídas do mercado de consumo. Daí o *rap* e o *hip-hop* serem, no mundo da arte, a expressão criativa de contestação e crítica ao sistema.

A bibliografia sobre o adolescente necessita considerar estes novos parâmetros sociais. A singularidade da experiência clínica expressa de forma visível as angústias desta fase histórica da sociedade. O jovem de hoje manifesta e denuncia em sua atitude, não só questões intrapsíquicas, mas a complexidade deste momento.

---

[296] "Decida: seu sucesso depende de suas escolhas", artigo publicado na *Revista Veja*, edição 1836, de 14/1/2004.
[297] ENRIQUEZ, E., *op. cit.*, p. 214.
[298] SANTOS, M., *Por uma outra globalização*, Ed. Record, RJ-SP, 2000, p. 159.
[299] Programa "Conexão Internacional", entrevista concedida ao apresentador Roberto D'Ávila (reprise), TV Cultura, 21/11/2003.

O acesso à informação e a possibilidade de um intercâmbio social para além das fronteiras amplia trocas interculturais e difunde a informação. Fica claro, na observação com os adolescentes, o acesso à informação e um contato de muita familiaridade com as novas tecnologias e com o mundo virtual. O conforto e a privacidade também foram conquistas importantes.

Junto à moratória decorrente das transformações da puberdade, diante de tantas incertezas e desafios, o jovem parece sonhar com a satisfação imediata. No mundo globalizado, o resgate da individualidade e a particularidade passam a ser um trabalho de vida. As mudanças rápidas e a constante demandam de novas necessidades e novas tecnologias parecem deixar o jovem lento e menos impetuoso. Seu contraponto à geração anterior pode estar na aparente passividade, que expressa não só uma aspiração a diferenciar-se do modelo dos pais, bem como contrastar dos mitos e expectativas destes em relação aos seus filhos. Podem demonstrar, conseqüentemente, sentimentos subjacentes de desamparo, presentes em toda a sociedade ou, quiçá, uma espécie de movimento passivo de resistência às pressões e exigências da sociedade moderna.

Bibliografia

Obras de Freud

As citações de Freud que constam neste trabalho foram extraídas das *Obras Completas de Sigmund Freud* (tradução direta do alemão, por Luis Lopez Ballesteros y Torres), 4ª Edição, Ed. Biblioteca Nueva Madrid, 1981, em três volumes.

Obras citadas

A etiologia das Neuroses; 1986, Volume I.
A interpretação dos sonhos; 1990, Volume I.
Três Ensaios sobre a Teoria Sexual, 1905, Vol II.
Três Ensaios sobre a Teoria Sexual, 1905, Vol. II.
A Moral Sexual cultural e o nervosismo moderno, 1908, Vol. I.
Totem e Tabu, 1912, Vol. II.
Múltiplo Interesse em Psicanálise, 1913, Vol. II.
Introdução ao Narcisismo, 1914, Vol. II.
O Instinto e suas Vicissitudes, 1915, Vol. II.

Luto e melancolia, 1915-17, Vol. II.

Teoria Geral das Neuroses, 1916-17 , Vol. II.

Psicologia das Massas e análise do Eu, 1921, Vol. III.

O Eu e o Id, 1923, Vol. III.

Demais autores citados

ABBAGNANO, N. (2000). *Dicionário de Filosofia,* Ed. Martins Fontes, 4ª ed., SP, 2000.

ABERASTURY, A. & KNOBEL, M. *Adolescência Normal,* Ed. Artes Médicas, Porto Alegre, 1981.

ARIÈS,P. *História Social da Criança e da Família,* Ed. Zahar, RJ, 2ª ed.,1981.

BETTS, J. "Parecer ou não ser, eis a questão" *in "Seminários espetaculares",* APPOA, Casa de Cultura Mário Quintana, 2002.

BIRMAN, J. *Mal-Estar na Atualidade,* Ed. Civilização Brasileira, RJ, 1999.

BLOS, P. *Transição Adolescente,* Ed. Artes Médicas, Porto Alegre, 1996.

CALLIGARIS, C. "Crise do Mercado ou crise do sujeito", artigo publicado no jornal *Folha de S. Paulo,* nº 27099, Ano 82, em 8/8/2002.

CALLIGARIS, C. *A Adolescência,* Publifolha, SP, 2000.

CALLIGARIS, C. "Entre as gerações: a guerra dos gozos", artigo publicado no jornal *Folha de S. Paulo,* nº 26 849, ano 81, de 16/8/2001.

CARVAJAL, G. *Tornar-se Adolescente: a aventura de uma metamorfose,* Ed. Cortez – SP, 1996.

CORREA, O. R. *Os avatares da transmissão psíquica geracional,* Ed. Escuta, SP, 2001.

COULANGES, F. *A Cidade Antiga,* Ed. Martins Fontes, 4ª ed., Livro I, 2000.

DEBIEUX ROSA, M. "Adolescência: da cena familiar à cena social" *in Revista de Psicologia* –USP-SP – Volume 13 –2000.

DEBIEUX ROSA, M. *Histórias que não se contam,* Ed. Cabral Universitária, SP, 2000.

DEBORD, G. *La societé du spectable,* Paris, Gallimard, 1992.

DIMENSTEIN, G. "Como é difícil ser pai", artigo publicado pela *Folha de S. Paulo,* Ano 83, nº 27157, de 10/8/2003.

EIGUER, A. *A transmissão do psiquismo entre as gerações,* Ed. Escuta, SP, 1996.

ERIK E. *Identity, Youth and Crisis,* N.York: Norton, 1968.

ESTATUTO DA CRIANÇA E DO ADOLESCENTE, 3ª ed., Malheiros Editores, 2000.

ENRIQUEZ E. *Da horda ao Estado: Psicanálise do Vínculo Social,* Ed. Jorge Zahar, RJ, 1990.

FOUCAULT, M. *A Ordem do Discurso,* Edições Loyola, SP, 6ª ed., 1996.

FOUCAULT, M. *Vigiar e Punir,* Ed. Vozes, 24ª ed., Petrópolis, 2001.

FREIRE COSTA, J. *Ordem médica e Norma familiar,* Ed. Graal, RJ, 1999.

FREUD, A. *The Ego and the Mechanisms of Defense,* 1936, New York, 1966.

GALLATIN, J. *Adolescência e Individualidade,* Ed. Harbra , RJ, 1978.

GIDDENS, A. *As conseqüências da Modernidade,* Ed. Unesp, SP, 1991.

GUIRADO, M. *Psicologia Institucional,* E.P.U., 1987.

GROPPO, L. A. *Juventude,* Editora DIFEL, RJ, 2000.

HALL, S. *A Identidade Cultural na Pós-Modernidade,* Ed. DP&A, RJ, 2001

HARVEY, D. *A condição pós-moderna,* Edições Loyola, SP, 1992.

IANNI, OTAVIO, *Teorias da Globalização,* Ed. Civilização Brasileira, RJ, 5ª ed., 1999.

JAPIASSU, H; MARCONDES, D. *Dicionário Básico de Filosofia,* Ed. Jorge Zahar, RJ, 3ª ed., 2001.

KLEIN, M. *Notas Sobre alguns mecanismos esquizóides,* 1946, *in* Progressos da Psicanálise, Ed. Zahar, RJ, 1978.

LASCH, C. *O mínimo Eu,* Ed. Brasiliense, SP, 1986.

LAPLANCHE, PONTALIS. *Vocabulário de Psicanálise, Ed. Martins Fontes,* SP, 2000.

LÉGER, I. *Os adolescentes no Mundo Contemporâneo,* Editora Família 2000 – Sociedade Distribuidora de Edições Porto, Portugal, 1977.

MATHEUS, T. C. *Ideais da Adolescência,* Ed. Annablume, SP, 2002.

MEZAN, R. "Pesquisa Teórica em Psicanálise" (1992) *in Revista Psicanálise e Universidade,* nº2, – Publicação do Núcleo de Pesquisa em Psicanálise, PUC- SP, 1994.

MEZAN, R. "Psicanálise e pós-graduação: notas exemplos e reflexões" artigo divulgado pelo Programa de Estudos em Pós-graduação, Psicologia Clínica- PUC- SP, 1999.

MOUGIN-LEMERLE, R. (1996) *Sujeito do Direito, sujeito do desejo,* Palestra realizada na UERJ, abril de 1996 – Curso de Especialização em Psicologia Jurídica.

PEIXOTO JÚNIOR, C.A. *Metamorfoses entre o sexual e o social,* Ed. Civilização Brasileira, RJ, 1999.

POSTMAN, N. *O desaparecimento da Infância,* Ed. Graphia, RJ, 1999.

REIS, C.M. (2002) *Conseqüências Patrimoniais da Dissolução do Casamento,* Dissertação de Mestrado Faculdade de Direito– PUC – SP, 2002.

REY, F.G. *Sujeito e Subjetividade,* Ed. Thomson, SP, 2003.

ROUANET, S. P. *Mal-Estar na Modernidade, in Revista Brasileira de Psicanálise,* Vol. XXXI, nº 1, 1997.

ROUDINESCO, E. *Por que a Psicanálise?,* Ed. Jorge Zahar, 2000.

ROUDINESCO, E. *A família em desordem,* Ed. Jorge Zahar, 2003.

RUFFINO, R. *Sobre o lugar da Adolescência na teoria do sujeito, in Adolescência,* Abordagem Psicanalítica, Clara Regina Rapapport (org.), E.P.U., 1993.

RUFFINO, R. *"Adolescência: notas em torno de um impasse", in "Adolescência", Revista da Associação Psicanalítica de Porto Alegre,* Ed. Artes e Ofícios, ano V, número 11, Porto Alegre, 1995.

SAFRA, G. "Pesquisa com material clínico", 1991, *in Revista Psicanálise e Universidade,* nº 1, Publicação do Núcleo de Estudos e Pesquisas em Psicanálise, PUC, SP, 1994.

SANTOS, M. *Por uma outra globalização,* Ed. Record, SP, 2000.

SCLIAR, M. Paraísos Artificiais, *Revista Veja,* nº 21, 28/05/1997.

SILVA, A.M. "A natureza da physis humana", *in Corpo e História,* org. por Carmem Soares, Ed. Autores Associados, SP, 2001.

SOARES, C. *Corpo, Conhecimento e Educação,* Ed. Autores Associados, Campinas, SP, 2001.

STRASSBURGUER, V. *Os Adolescentes e a Mídia,* Ed. Artes Médicas, Porto Alegre, 1999.

THOMPSON, J. *Ideologia e Cultura Moderna,* Ed. Vozes, RJ, 2000.

VILLAÇA, N., *Em pauta: corpo, globalização e novas tecnologias,* Ed. Mauad, CNPQ, RJ, 1999.